KB196159

진주

진주

존 스타인벡 | 호세 오로스코 그림 | 김승욱 옮김

✿ 문예출판사

THE PEARL

John Steinbeck

차례

진주 • 7

작품 해설 • 145

존 스타인벡 연보 • 151

"그 작은 도시에 커다란 진주에 관한 이야기가 있단다. 그걸 어떻게 찾았고, 어떻게 다시 잃어버렸는지에 대한 이야기지. 어부 키노와 그의 아내 후아나, 그리고 아기 코요티토가 거기에 등장하는데, 사람들이 워낙 자주 입에 올려서 이야기가 모두의 머릿속에 완전히 뿌리를 내리게 됐어. 하도 되풀이돼서 사람들의 마음에 새겨진 이야기가 모두 그렇듯이, 이 이야기에도 좋은 것과 나쁜 것과 검은 것과 흰 것과 착한 것과 악한 것만 있을 뿐 중간은 어디에도 없단다.

만약 이 이야기가 우화라면, 아마 모든 사람이 거기서 자기만의 의미를 찾아내고 자신의 삶을 거기에 빗대어 이해하겠지. 어쨌든 거기 사람들 이야기로는……."

1

키노가 깨어난 것은 어둠이 살짝 옅어진 때였다. 아직 별들이 반짝이고, 동쪽 하늘 아래쪽만이 빛에 씻긴 듯 연한 색이었다. 수탉들이 울어대기 시작한 지는 조금 되었다. 일찍 일어난 돼지들은 벌써부터 혹시 놓친 먹이가 없는지 잔가지와 나뭇조각을 뒤지고 있었다. 움집 바깥의 선인장 수풀에서는 작은 새 한 무리가 재잘거리며 부산하게 날개를 놀렸다.

키노는 눈을 뜨고 먼저 점점 밝아지는 사각형, 즉 문을 보았다. 그다음에 본 것은 코요티토가 잠들어 있는, 끈으로 매달아둔 상자였다. 마지막으로 그는 고개를 돌려 아내 후아나를 보았다. 매트 위에 그와 나란히 누워 있는 아내의 파란색 스카프가 코를 덮고 가슴을 덮고 허리를 감쌌다. 후아나도 눈을 뜨고 있었다. 키노는 자신이 깨어났을 때 그 눈이 감겨 있는 모습을 본 기억이 없었다. 아내의 검은 눈에 반사된 빛이 작은 별이 되었다. 아내는 그가 깨어났을 때 항상 그러듯이 그를 바라보고 있었다.

바닷가의 아침 파도 소리가 작게 들려왔다. 아주 좋았다. 키노는 다시 눈을 감고 자기만의 음악에 귀를 기울였다. 이런 행동이 어쩌면 키노만의 것일 수도 있고 어쩌면 모든 부족 사람들의 것일 수도 있었다. 그의 부족은 한때 훌륭한 노래를 만드는 사람들이었으므로, 그들이 보고 생각하고 행동하고 듣는 것이 모두 노래가 되었다. 아주 오래전의 일이다. 노래는 지금도 남아 키노도 알고 있었지만, 새로운 노래가 만들어지는 일은 없었다. 그러나 이것이 개인적인 노래가 없다는 뜻은 아니다. 키노의 머릿속에 지금 노래 하나가 선명하고 부드럽게 흐르고 있었다. 이것에 대해 말할 수 있는 상황이라면, 그는 이 노래를 가족의 노래로 명명했을 것이다.

그는 습한 공기를 막으려고 담요를 코 위까지 덮고 있었다. 옆에서 부스럭거리는 느낌에 시선이 퍼뜩 그쪽으로 향했다. 후아나가 거의 아무 소리도 내지 않고 일어나는 중이었다. 그녀는 단단한 맨발로 코요티토가 자고 있는 상자로 가서 허리를 기울여 들여다보며 작은 소리로 아이를 얼렀다. 코요티토는 잠시 위를 올려다보다가 다시 눈을 감고 잠들었다.

후아나는 불구덩이로 가서 석탄 하나를 파내 부채질로 불씨를 되살리며, 동시에 그 위에서 잔가지들을 부러뜨렸다.

이제 키노도 일어나 머리와 코와 어깨를 담요로 감쌌다. 그리고 샌들에 발을 끼워 넣은 뒤 동이 트는 모습을 보려고 밖으로 나갔다.

그는 문밖에 쭈그려 앉아 담요 끝자락을 무릎 위로 모았다. 만(灣)의 구름 조각들이 하늘 높은 곳에서 타오르는 것이 보였다. 염소 한 마리가 가까이 다가와 킁킁 냄새를 맡더니, 그 차갑고 노란 눈으로 그를 빤히 바라보았다. 그의 등 뒤에서는 후아나가 피운 불이 화르르 치솟으며 움집 벽의 틈새로 빛살을 흩뿌리고, 문밖으로는 흔들리는 빛의 사각형을 던졌다. 뒤늦게 나타난 나방 한 마리가 불꽃을 찾아 무작정 돌진해 들어왔다. 이제는 가족의 노래가 키노의 등 뒤에서 들려왔다. 후아나가 아침에 먹을 옥수수빵을 만들려고 낟알을 갈고 있는 맷돌 소리가 가족 노래의 리듬이 되었다.

날이 밝아지는 속도가 한층 빨라졌다. 하늘의 색이 연해지다가 빛이 나타나 하늘이 밝아지더니 태양이 만에서 솟아오르는 순간 불꽃이 폭발하는 것 같았다. 키노는 그 이글거리는 빛에서 눈을 가리려고 시선을 아래로 내렸다. 집 안에서 빵 반죽을 두드리는 소리가 들리다가, 요리판 위에서 반죽이 풍요로운 냄새를 풍겼다. 땅에서는 개미들이 분주히 움직였다. 몸이 반짝거리는 커다란 검은 개미와 먼지를 뒤집어쓴 작고 빠른 개미. 하느님처럼 초연하게 지켜보는 키노의 시선 아래에서 먼지를 뒤집어쓴 개미 한 마리가 개미귀신이 파놓은 모래 함정에 빠져 탈출하려고 미친 듯이 발버둥쳤다. 마르고 숫기 없는 개 한 마리가 가까이 다가와, 키노의 부드러운 말한마디에 몸을 둥글게 말고 누워서 꼬리를 발 위에 깔끔하게 놓고턱을 조심스레 내려놓았다. 이 검은 개의 눈썹이 있어야 할 자리에는 대신 노르스름한 황금색 점이 있었다. 여느 때와 같은 아침이자, 또한 아침 중에 완벽한 아침이었다.

후아나가 코요티토를 상자에서 꺼내자 상자를 매달아둔 밧줄이삐걱거리는 소리를 냈다. 후아나는 아이를 씻긴 다음, 해먹처럼 둥글게 묶은 숄에 태워 자기 젖가슴 가까이에 두었다. 키노는 뒤를 돌아보지 않아도 이런 광경이 눈에 보이는 듯했다. 후아나는 아주 옛날부터 내려오는 노래를 작게 불렀다. 음이 세 개밖에 없지만, 음정이 한없이 다양한 노래였다. 이것 역시 가족 노래의 일부였다. 모든것의 일부였다. 때로 목이 아플 만큼 높이 치솟기도 하는 이 노래는이것이 바로 안전이라고, 이것이 바로 따스함이라고, 이것이 바로**온전함**이라고 말했다.

잡목 울타리 맞은편에 다른 움집들이 있었다. 거기서도 연기가 솟아오르고 아침 식사를 준비하는 소리가 났지만, 그것은 다른 노래였다. 그들의 돼지도 다른 돼지고, 그들의 아내는 후아나가 아니었다. 키노는 젊고 튼튼했으며, 검은 머리카락이 갈색 이마 위에 늘어져 있었다. 눈은 따스하고 사납고 반짝거리고 콧수염은 성기고 거칠었다. 그는 코를 덮은 담요를 아래로 내렸다. 이제 독을 품은 어두운 공기가 사라지고 노란 햇볕이 집에 내리쬐고 있었다. 잡목 울타리 근처에서 수탉 두 마리가 고개를 수그리고, 펼친 날개와 부풀린 목 깃털로 서로를 공격하는 척했다. 둘이 싸운다면 볼품없는 싸움이 될 것이다. 녀석들은 투계가 아니었다. 키노는 녀석들을 잠시 지켜보다가 눈을 들어, 산을 향해 펄럭펄럭 날아가는 야생 비둘기들을 바라보았다. 이제 온 세상이 깨어 있었다. 키노는 몸을 일으켜 자신의 움집 안으로 들어갔다.

그가 들어오자 후아나가 이글거리는 불구덩이 옆에서 일어나 코요티토를 다시 상자에 눕히고, 검은 머리를 빗어서 두 갈래로 땋아 가느다란 초록색 리본으로 끝을 묶었다. 키노는 불구덩이 옆에 쭈그리고 앉아 뜨거운 옥수수빵을 둘둘 말아서 소스에 찍어 먹었다. 그러고 나서 풀케*를 마셨다. 그것이 아침 식사였다. 잔칫날과 딱 한

---

* 용설란의 수액으로 만드는 멕시코 전통 발효주

번 하마터면 죽을 뻔했던 엄청난 쿠키 축제 날을 제외하면 그가 아는 유일한 아침 식사였다. 키노가 식사를 끝내자 후아나가 불가로 돌아와 아침 식사를 했다. 두 사람은 딱 한 번 말을 나눴다. 어차피 말도 습관에 지나지 않는다면 굳이 말할 필요는 없다. 키노는 만족스러운 한숨을 내쉬었다. 그것이 대화였다.

햇볕이 벽의 틈새로 긴 줄무늬처럼 새어 들어와 움집을 따뜻하게 데웠다. 줄무늬 중 하나가 코요티토가 누워 있는 상자와 그 상자를 매단 밧줄에 닿았다.

두 사람의 시선이 상자로 쏠린 것은 아주 작은 움직임 때문이었다. 키노와 후아나는 그대로 얼어붙었다. 아기 상자를 천장 받침대에 묶어둔 밧줄을 타고 전갈 한 마리가 느릿느릿 내려왔다. 독침이 있는 꼬리를 뒤로 똑바로 뻗고 있었지만, 녀석은 언제든 그것을 번개같이 휘두를 수 있었다.

숨을 쉴 때마다 콧구멍에서 휘파람 같은 소리가 나서 키노는 그 소리를 멈추려고 입을 벌렸다. 그러고 나자 화들짝 놀란 표정이 사라지고 뻣뻣하게 굳은 몸도 풀렸다. 머릿속에 새로운 노래가 나타났다. 악마의 노래, 적의 음악. 가족의 적이라면 무엇이든 마찬가지였다. 야만인, 비밀, 위험한 멜로디, 그 아래에서 가족의 노래가 애처롭게 울었다.

전갈은 밧줄을 타고 조심조심 상자를 향해 움직였다. 후아나는 저런 사악한 것을 막아주는 고대의 마법 주문을 숨죽인 소리로 자꾸 반복하면서, 거기에 덧붙여 성모송도 꽉 다문 이 사이로 중얼거렸다. 하지만 키노는 행동에 나섰다. 그의 몸이 조용히 미끄러지듯 방을 가로질렀다. 아무 소리도 나지 않는 매끄러운 움직임이었다. 손바닥을 아래로 양손을 앞으로 내민 그는 전갈에게서 시선을 떼지 않았다. 녀석의 아래에 있는 상자 속에서 코요티토가 까르르 웃으며 녀석을 향해 손을 뻗었다. 키노가 녀석을 거의 손으로 잡을 수 있는 위치에 도달했을 때 녀석은 위험을 감지하고 움직임을 멈췄다. 녀석의 꼬리가 등 위로 휙 올라오고, 그 끝에서 둥글게 휘어진 독침이 번들거렸다.

키노는 선 채로 미동도 하지 않았다. 후아나가 고대의 마법 주문을 속삭이는 소리가 다시 들리고, 사악한 적의 노래도 들렸다. 전갈이 움직이지 않으면 그도 움직일 수 없었다. 녀석은 자신을 향해 다가오는 죽음의 원천을 찾으려고 신경을 곤두세웠다. 키노가 아주 천천히, 아주 부드럽게 손을 앞으로 뻗었다. 독침이 달린 꼬리가 꼿꼿하게 섰다. 그 순간 코요티토가 웃으며 밧줄을 흔드는 바람에 전갈이 아래로 떨어졌다.

키노는 녀석을 잡으려고 득달같이 손을 뻗었지만, 녀석은 그의 손가락을 스치며 아기의 어깨에 떨어져 아기를 공격했다. 키노가 고함을 지르며 녀석을 손가락으로 잡아 양손으로 문질러서 곤죽을 만들어버렸다. 그것을 바닥에 내동댕이친 뒤에도 땅바닥에 박아버릴 기세로 계속 주먹질을 했다. 상자 안의 코요티토가 아파서 비명을 질렀다. 하지만 키노는 적을 계속 때리고 짓밟았다. 나중에는 흙바닥에 작은 조각 하나와 축축한 흔적만 남았다. 그의 이가 드러나고 눈에서는 분노가 번득이고 귀에서는 적의 노래가 쿵쿵 울렸다.

이제 후아나가 아기를 품에 안고 있었다. 찔린 자리가 벌써 빨갛게 변하기 시작한 것을 발견한 그녀는 그 자리에 입술을 대고 세게 빨아들인 뒤 침을 뱉고 다시 빨아들였다. 그동안 코요티토는 비명을 질렀다.

키노는 그 주위에서 어른거렸다. 그는 무력하고, 방해가 되는 존재였다.

아기의 비명이 이웃들을 불러왔다. 그들은 각자의 움집에서 쏟아져 나왔다. 키노의 형 후안 토마스와 그의 뚱뚱한 아내 아폴로니아와 그들의 네 자녀가 문간에서 북적거리는 바람에 출입구가 막히자, 그 뒤에서 다른 사람들이 안을 들여다보려고 했다. 자그마한 사내아이 하나는 사람들의 다리 사이로 기어 들어와 상황을 보았다. 앞줄에 있는 사람들은 뒤에 있는 사람들에게 말을 전달했다.

"전갈이야. 아기가 찔렸어."

후아나는 찔린 자리를 입으로 빠는 것을 잠시 멈췄다. 빠는 힘 때문에 작은 구멍이 살짝 커지고 가장자리가 하얗게 변했지만, 빨갛게 부어오른 부위가 그 주위로 두둑하니 더 넓어졌다. 여기 모인 사람들은 모두 전갈에 대해 알고 있었다. 어른이라면 전갈에 찔린 뒤 아마 크게 앓는 정도겠지만, 아기라면 독 때문에 쉽사리 죽을 수 있었다. 먼저 상처가 부어오르다가 몸에 열이 나면서 목이 조이는 느낌이 들 것이다. 그다음에는 복통이 오고, 몸에 들어간 독의 양이 얼마나 되는가에 따라 코요티토가 죽을 수도 있었다. 그래도 독침에 찔린 통증은 점점 가라앉고 있었다. 코요티토의 비명이 앓는 소리로 변했다.

키노는 참을성 강하고 연약한 아내의 강철 같은 모습이 의아할 때가 많았다. 순종적이고 예의 바르고 유쾌하고 참을성 많은 아내는 아기를 낳을 때 허리를 둥글게 휜 채로 비명 한 번 없이 견딜 수 있었다. 피로와 허기도 키노보다 더 잘 견디는 것 같았다. 카누를 탈 때는 튼튼한 남자 같았다. 그녀는 지금도 몹시 놀라운 행동을 했다.

"의사. 가서 의사를 불러와."

잡목 울타리 뒤의 작은 마당에 빽빽이 모여 있는 이웃들 사이로 이 말이 퍼졌다. 그러자 그들은 자기들끼리 같은 말을 반복했다.

"후아나가 의사를 데려오래."

놀라운 일이었다. 기억에 남을 만한 일이었다. 의사를 불러오라니. 그것은 정말 굉장한 일이 될 터였다. 의사는 움집 동네에는 오는 법이 없었다. 시내에서 돌과 회반죽으로 지은 집에 사는 부자들을 돌보는 일만으로도 손이 모자란 의사가 왜 오겠는가.

"안 올 거야."

마당에서 사람들이 말했다.

"안 올 거야."

문간에서 사람들이 말했다. 이 생각이 키노의 머릿속으로 들어왔다.

"의사는 안 올 거야" 하고 키노가 후아나에게 말했다.

그녀는 그를 올려다보았다. 암사자의 눈처럼 차가운 눈이었다. 코요티토는 후아나의 첫아기였다. 후아나의 세상에서 거의 모든 것이라 할 수 있었다. 키노는 그녀의 결의를 보고, 자신의 머릿속에서 강철 같은 소리로 울려 퍼지는 가족의 음악을 들었다.

"그럼 우리가 의사한테 가야지."

후아나는 이렇게 말하더니, 한 손으로 암청색 숄을 머리에 쓰고 숄의 한쪽 끝을 해먹처럼 만들어 신음하는 아기를 안았다. 숄의 반대편 끝으로는 아기에게 빛이 닿지 않게 눈 위에 그늘을 만들어주었다. 문간의 사람들이 뒤쪽 사람들을 밀어 후아나가 지나갈 자리를 내어주었다. 키노는 그 뒤를 따라갔다. 그들은 울타리 문을 나와 울퉁불퉁한 길에 섰다. 이웃들도 그들을 따라왔다.

이 일은 이미 동네 일이 되어 있었다. 그들은 행렬을 이루어 빠르고 조용한 걸음으로 중심가로 향했다. 맨 앞에 후아나와 키노가 서고, 그 뒤에 후안 토마스와 힘차게 걸을 때마다 커다란 배가 가볍게 흔들거리는 아폴로니아가 서고, 그 뒤에 모든 이웃이 서고, 아이들은 옆에서 종종걸음을 쳤다. 노란 태양이 그들 앞에 검은 그림자를 던져주었기 때문에 그들은 자신의 그림자를 밟으며 걸었다.

움집이 더 이상 보이지 않고 돌과 회반죽으로 지은 도시가 시작되는 지점에 이르렀다. 냉혹한 외벽이 있는 도시 안쪽 서늘한 정원에서는 작은 개울이 장난을 치고 부겐빌레아가 자주색과 벽돌색과 하얀색으로 벽을 뒤덮었다. 그 비밀스러운 정원에서 새장에 갇힌 새들의 노랫소리와 서늘한 물이 뜨거운 포석에 튀는 소리가 들렸다. 행렬은 눈부시게 환한 광장을 가로질러 예배당 앞을 지나갔다. 처음보다 늘어난 행렬이었다. 행렬 외곽에서 걸음을 서둘러 새로 합류하는 사람들에게 누군가가 작은 소리로 사정을 설명해주었다. 아기가 전갈에 쏘여서 아기 아버지와 어머니가 아기를 의사에게 데려가는 중이라고.

새로 합류한 사람들, 특히 예배당 앞에서 합류한 거지들은 금전적인 분석에 탁월한 전문가라서 후아나의 낡은 파란색 치마를 재빨리 훑어보고, 여기저기 찢어진 숄을 보고, 땋은 머리를 묶은 초록색 리본을 감정하고, 키노가 두른 낡은 담요와 수천 번 빤 옷을 읽어내 그들을 가난한 사람으로 판명한 뒤 앞으로 과연 어떤 드라마가 펼쳐질지 구경하려고 따라갔다. 예배당 앞의 네 거지는 이 도시 안에 모르는 일이 없었다. 그들은 고해하러 들어가는 젊은 여자들의 표정을 학자처럼 연구하며, 여자들이 나올 때의 얼굴을 보고 그들이 지은 죄의 본질을 읽었다. 모든 추문을 샅샅이 알고, 아주 큰 범죄도 조금은 알았다. 거지들은 예배당 그림자 속에 자신의 자리를 정해 두고 거기서 잠을 자기 때문에, 누가 위안을 얻으려고 예배당으로 슬그머니 들어가는지 놓치는 법이 없었다. 의사에 대해서도 알았다. 의사의 무지함, 잔인함, 탐욕, 욕망, 죄를 알았다. 의사가 서투른 솜씨로 낙태 수술을 한 것도 알았고, 자선이랍시고 고작 갈색 동전 몇 개를 내놓는 것도 알았다. 의사가 만들어낸 시체들이 예배당 안으로 들어가는 것도 보았다. 아침 미사는 이미 끝났고 수입도 변변찮아서 거지들은 행렬을 따라갔다. 동료 인간들에 대해 완벽한 지식을 얻으려고 한없이 노력하는 그들은 그 뚱뚱하고 게으른 의사가 전갈에 쏘인 가난한 아기를 어떻게 할지 보고 싶었다.

서둘러 움직이던 행렬이 마침내 의사의 집 담장에 난 커다란 문 앞에 이르렀다. 물이 튀는 소리와 새장에 갇힌 새들의 노랫소리와 포석을 쓰는 긴 빗자루 소리가 들렸다. 질 좋은 베이컨을 기름에 굽는 냄새도 의사의 집에서 풍겨 나왔다.

키노는 잠시 머뭇거렸다. 의사는 그의 부족 사람이 아니었다. 거의 400년 동안 키노의 일족을 때리고 굶기고 강탈하고 멸시한 종족의 일원이었다. 그들이 키노의 일족에게 겁도 주었기 때문에, 원주민들은 공손한 자세로 문에 다가갔다. 이 종족 사람에게 가까이 다가갈 때마다 항상 그랬듯이, 키노는 무력감과 두려움과 분노를 동시에 느꼈다. 분노와 공포가 함께 일었다. 의사에게 말을 거느니 죽이는 편이 더 쉬울 것 같았다. 의사의 종족은 모두 키노의 일족을 대할 때 멍청한 동물에게 말하듯이 했다. 문에 달린 철제 고리 모양의 노커를 향해 오른손을 들어 올리는 키노의 마음속에서 분노가 부풀어 오르고, 귓가에서 적의 음악이 쿵쾅거리고, 힘이 들어간 입술이 치아에 착 붙었다. 그래도 그는 모자를 벗으려고 왼손을 뻗었다. 철제 고리로 문을 두드렸다. 키노는 모자를 벗고 가만히 서서 기다렸다. 후아나의 품에서 코요티토가 작게 신음하자, 후아나가 아이에게 부드럽게 말을 걸었다. 행렬은 앞으로 벌어질 일을 더 잘 보고 들으려고 문 가까이로 몰렸다.

곧 커다란 문이 몇 인치쯤 열렸다. 서늘한 초록색 정원과 물이 철벅거리는 작은 샘이 그 틈새로 키노의 눈에 들어왔다. 안에서 그를 내다보는 사람은 그의 일족이었다. 키노는 그에게 옛 언어로 말을 건넸다.

"아이가…… 첫아이가…… 전갈 독에 쏘였어요. 치유사의 솜씨가 필요합니다."

문이 조금 닫히더니, 그 하인은 옛 언어로 말하기를 거부했다.

"잠시 기다리시오. 내가 직접 가서 알릴 테니."

그는 이렇게 말하고 나서 문을 닫고 빗장을 질렀다. 이글거리는 태양이 하얀 벽에 몰려선 사람들의 검은 그림자를 던졌다.

의사는 자기 방의 높은 침대에서 일어나 앉았다. 물결무늬가 있는 빨간 비단으로 만든 그의 실내 가운은 파리에서 온 것인데, 단추를 채우면 이제 가슴 부위가 조금 꽉 끼었다. 무릎에 놓인 은제 쟁반에는 은제 초콜릿 그릇과 얇은 도자기로 된 아주 작은 컵이 있었다. 컵이 어찌나 섬세한지 그가 커다란 손으로, 엄지와 검지 끝으로 그것을 들어 올린 모습이 좀 어이없었다. 나머지 세 손가락은 방해가 되지 않게 넓게 쫙 펼친 채였다. 둥글게 부풀어 오른 살이 해먹처럼 그의 눈을 받치고, 입술은 불만스럽게 아래로 처진 모양이었다. 그는 점점 뚱뚱해지고 있었다. 지방이 목구멍을 누르는 바람에 목소리도 거슬리게 변했다. 옆의 탁자 위에는 동양의 작은 징 하나와 담배 그릇이 있었다. 묵직하고 어둡고 우울하게 꾸며진 방이었다. 그림들은 모두 종교적인 분위기를 띠었고, 죽은 아내의 커다란 사진조차 그러했다. 만약 아내의 재산으로 비용을 치른 미사에 효과가 있다면, 아내는 지금 천국에 있을 것이다. 의사는 한때 잠깐 동안 저 위대한 세상의 일부였다. 그 뒤로 그의 인생은 오로지 프랑스에 대한 동경과 추억뿐이었다.

"그거야말로 문명 생활이지."

그는 이렇게 말했다. 적은 수입으로도 애인을 두고 외식을 즐길 수 있었다는 뜻이었다. 그는 초콜릿을 한 잔 더 따르고, 달콤한 비스킷을 손가락으로 부스러뜨렸다. 대문에서 돌아온 하인이 열린 문 앞에 서서 그의 시선을 기다리고 있었다.

"응?"

의사가 물었다.

"어떤 인디언이 아기를 데리고 왔습니다. 전갈에 쏘였다고 합니다."

의사는 분노가 솟아오르기 전에 먼저 잔을 부드럽게 내려놓았다.

"내가 '인디언'이 벌레에 물린 상처나 치료할 만큼 할 일이 없는 사람인가? 난 의사지 수의사가 아니야."

"네, 나리."

하인이 말했다.

"돈은 있는 놈이야?"

의사가 다그치듯 물었다.

"아니, 놈들한테 돈이 있을 리가. 나한테만, 이 세상에서 오로지 나한테만 공짜로 일을 하라고들 하는데, 아주 지쳤어. 놈한테 돈이 있는지 알아봐!"

하인은 대문을 조금 열고 밖에서 기다리는 사람들을 내다보았다. 그리고 이번에는 옛 언어로 입을 열었다.

"치료비를 낼 돈은 있어요?"

키노는 담요 아래 어딘가의 비밀스러운 장소로 손을 뻗어, 여러 번 꼬깃꼬깃 접은 종이를 한 장 꺼냈다. 그가 그것을 한 겹, 한 겹 펼치자 마침내 기형적인 모양의 작은 진주알 여덟 개가 겉으로 드러났다. 작은 종기처럼 볼품없고 회색을 띠었으며, 모양이 납작해서 거의 가치가 없는 진주였다. 하인은 그 종이를 받아들고 다시 문을 닫았다. 하지만 이번에는 오래지 않아 되돌아와서 대문을 아주 조금만 열고 종이를 돌려주었다.

"의사 선생님은 나가셨어요."

그가 말했다.

"중환자를 보러 가셨습니다."

그러고 나서 그는 수치심에 재빨리 대문을 닫아버렸다.

이제 행렬 전체에도 수치심이 파도처럼 번져나갔다. 사람들은 녹듯이 사라져버렸다. 거지들은 예배당 계단으로 돌아가고, 부랑자들도 어디론가 가버리고, 이웃들도 자리를 떴다. 키노가 공개적으로 망신당한 모습을 눈에 담지 않으려고.

키노는 한참 동안 후아나와 나란히 문 앞에 서 있었다. 그러다 천천히 간청하려고 벗었던 모자를 머리에 썼다. 그러고 나서 느닷없이 주먹으로 대문을 찌그러뜨릴 것처럼 한 대 쳤다. 그는 찢어진 손마디와 손가락 사이로 흘러내리는 피를 놀란 얼굴로 내려다보았다.

2

　도시가 자리한 곳은 널찍한 후미였다. 회반죽에 노란 색칠을 한 낡은 건물들이 해변을 품듯이 서 있고, 해변에는 나야리트에서 온 하얗고 파란 카누들이 올려져 있었다. 몇 세대가 지나도록 이 카누들을 보존해준 딱딱한 조개껍데기 같은 재질의 방수 마감재 제작법은 어부들의 비밀이었다. 뱃전이 높고 우아한 카누의 뱃머리와 선미는 모두 둥글게 곡선을 그렸고, 받침대를 댄 선체 중심부의 돛대를 세우면 자그마한 삼각돛을 달 수 있었다.

　해변에는 노란 모래가 깔려 있었으나, 물가에서는 모래 대신 깨진 조개껍데기와 해초가 자리를 차지했다. 모래밭에 난 구멍 속에서 농게가 푹푹 거품을 뿜고, 물이 얕은 곳에서는 작은 바닷가재가 돌무더기와 모래 속에 만든 자그마한 집을 불쑥불쑥 드나들었다. 바다 밑바닥에는 기어다니는 것, 헤엄치는 것, 계속 자라는 것이 풍부했다. 갈색 해초가 부드러운 물살에 흔들리고, 초록색 거머리말류도 흔들거리고, 그 줄기에는 작은 해마들이 달라붙었다. 거머리말류 밭에 자리 잡은 점박이 복어, 그러니까 독이 있는 물고기의 몸을 밝은색 꽃게들이 빠르게 타 넘었다.

해변에서는 굶주린 개와 굶주린 돼지가 밀물에 실려 온 죽은 물고기나 바닷새가 없는지 끊임없이 찾아다녔다.

아직 이른 아침이었지만, 어룽어룽한 신기루가 떠 있었다. 어떤 것은 크게 확대시키고 어떤 것은 지워버리기 때문에 믿을 수 없는 공기가 만 전체에 퍼져 모든 광경이 비현실적으로 보였다. 눈에 보이는 것을 믿을 수 없었다. 바다와 육지가 또렷하고 선명하면서도 꿈처럼 모호했다. 어쩌면 그래서 이곳 사람들이 영혼과 상상을 믿는 건지도 모른다. 그들은 눈에 보이는 거리감이나 선명한 윤곽 같은 것, 하여튼 시각적으로 정확히 보이는 것을 모두 믿지 않는다. 도시에서 봤을 때 후미 저편에는 맹그로브 숲의 일부가 망원경으로 본 것처럼 선명하게 서 있었지만, 그 숲의 또 다른 일부는 검은색과 초록색이 섞인 흐릿한 덩어리일 뿐이었다. 먼 해안선의 일부가 희미하게 반짝이는 물처럼 보이는 풍경 속으로 사라졌다. 눈으로 보는 것은 도무지 믿을 수 없었다. 눈에 보이는 것이 정말로 그 자리에 있다는 증거가 없었다. 이곳 사람들은 다른 곳도 모두 이런 줄 알고 있었으므로, 이런 광경을 이상하게 생각하지 않았다. 물 위에 드리워진 구릿빛 안개를 뜨거운 아침 태양이 두드려대자, 안개가 가늘게 흔들려 눈이 어지러워졌다.

어부들의 움집은 해변에서 떨어진 곳, 도시의 오른편에 있었다. 카누가 해변에 올라와 있는 곳도 이 구역 앞이었다.

키노와 후아나는 해변에 있는 키노의 카누를 향해 천천히 내려왔다. 카누는 그가 이 세상에서 갖고 있는 단 하나의 가치 있는 물건이었다. 아주 오래된 물건이기도 했다. 키노의 할아버지가 나야리트에서 그것을 가져와 키노의 아버지에게 주었고, 그렇게 키노에게까지 내려왔다. 카누는 재산인 동시에 식량원이었다. 배를 가진 남자는 여자에게 먹을 것을 마련해주겠다고 장담할 수 있으니까. 배는 굶주림을 막아주는 보루다. 키노는 배와 마찬가지로 아버지에게서 물려받은 비법으로 딱딱한 조개껍데기 같은 마감재를 만들어 매년 카누를 정비했다. 그는 카누로 다가와 항상 그러듯이 애정 어린 손길로 뱃머리를 만졌다. 그러고는 잠수용 돌과 바구니와 밧줄 두 개를 카누 옆의 모래 위에 놓았다. 그다음에는 담요를 접어 뱃머리에 깔았다.

후아나가 코요티토를 담요 위에 눕히고, 아기가 햇빛을 직접 받지 않게 숄을 덮어주었다. 아기는 이제 조용했지만, 어깨의 부기가 목과 귀를 향해 계속 번져서 얼굴 역시 붓고 열이 오른 상태였다. 후아나가 물속으로 걸어 들어가 갈색 해초를 조금 모아 납작하고 축축한 습포로 만들었다. 그리고 그것을 아기의 부은 어깨에 붙였다. 다른 것 못지않게 뛰어난 치료법이었다. 의사가 해줄 수 있는 치료보다 십중팔구 더 나을 수도 있었다. 하지만 이 치료법에는 의사만큼의 권위가 없었다. 간단하고 돈이 들지 않기 때문이었다. 코요티토에게 복통은 아직 찾아오지 않았다. 어쩌면 후아나가 늦지 않게 독을 다 빨아낸 것일 수도 있지만, 그녀는 첫아이에 대한 걱정만큼은 빨아내지 못했다. 후아나는 아기를 낫게 해달라고 직접적으로 기도하지 않았다. 대신 아이의 치료를 위해 의사에게 돈을 치르는 데 필요한 진주를 찾을 수 있게 해달라고 기도했다. 사람의 마음이란 만에 떠오른 신기루만큼 덧없는 것이니까.

키노와 후아나는 해변에서 물을 향해 카누를 밀었다. 뱃머리가 물에 뜨자, 후아나가 배 안으로 들어갔다. 키노는 선미를 계속 밀면서 물속으로 걸어 들어갔다. 선미까지 가볍게 물에 떠서 잔파도에 흔들릴 때까지. 그다음에는 후아나와 키노가 힘을 합쳐 양날 노로 물살을 헤쳤다. 카누가 물에 주름을 만들며 쌩쌩 속도를 냈다. 다른 진주 채취꾼들은 이미 바다로 나간 지 오래였다. 그들이 안개 속에서 하나로 모여 조개 양식장 위를 지나가는 것이 보였다.

물을 통과한 빛이 닿은 양식장 바닥에는 주름 무늬가 있는 진주 조개가 고정되어 있고, 이미 깨지고 열린 조개껍데기가 여기저기 흩어져 있었다. 과거에 스페인 왕을 유럽에서 대(大)권력자의 자리에 올려놓은 곳도, 그가 전쟁 비용을 마련하는 데 일조한 곳도, 그의 영혼을 위해 성당을 장식할 수 있게 해준 곳도 바로 이 양식장이었다. 겉에 주름 장식이 치마처럼 달려 있는 회색 조개들, 따개비가 다닥다닥 붙어 있는 조개의 치맛자락에 작은 해초 조각이 매달려 있고, 작은 게가 조개의 몸을 타고 넘었다. 가끔 이 조개들에게 일종의 사고가 발생했다. 모래 한 알이 근육 틈새에 끼어서 계속 살을 자극하는 사고. 그러다 보면 결국 살이 스스로를 보호하려고 매끄러운 접합제로 모래를 한 꺼풀 감싸게 된다. 그런데 이 과정이 일단 시작되고 나면 접합제로 이물질을 감싸는 일이 계속 이어지기 때문에, 나중에는 그 덩어리가 떨어져 나와 물살에 휩쓸리거나 조개가 부서져버린다. 수백 년 동안 사람들은 바닷속으로 뛰어들어 조개를 바닥에서 떼어내 억지로 열고, 접합제로 감싸인 모래알을 찾았다. 근처에는 사람들이 내버린 조개의 반짝이는 안쪽 껍데기를 갉아먹으려고 일부러 이곳에 자리를 잡은 물고기 떼가 있었다. 어쨌든 진주는 우연한 사고의 산물이기 때문에, 진주를 찾는 데에는 행운이 필요했다. 하느님 또는 여러 신들이 등을 툭툭 두드려주는 것과 같은 행운이었다.

키노는 밧줄 두 개 중 하나를 무거운 돌에 묶고, 다른 하나는 바구니에 묶었다. 그러고는 셔츠와 바지를 벗고, 카누 바닥에 모자를 내려놓았다. 물이 기름처럼 매끄러웠다. 그는 밧줄을 묶은 돌을 한 손에, 바구니를 다른 손에 든 상태로 발부터 뱃전 너머로 내밀었다. 돌이 그를 바다 밑바닥까지 끌고 내려갔다. 그의 뒤쪽으로 거품이 일다가 다시 물이 깨끗해지자 앞이 보였다. 저 위의 수면은 밝게 일렁이는 거울 같았다. 거기에 카누 밑바닥이 불쑥 튀어나와 있는 것이 보였다.

키노는 진흙이나 모래로 물이 흐려지지 않게 조심조심 움직였다. 돌에 묶은 밧줄을 발에 감은 뒤 손을 재게 놀리며 조개를 바닥에서 떼어냈다. 하나씩 떼어낼 때도 있고, 몇 개를 한꺼번에 떼어낼 때도 있었다. 그는 조개를 바구니에 놓았다. 어떤 곳에서는 조개들이 서로 달라붙어 있어서 한 덩어리처럼 떨어져 나왔다.

키노의 부족 사람들은 지금까지 일어났던 일이나 존재했던 일을 모두 노래로 불렀다. 물고기에 대한 노래, 분노한 바다와 차분한 바다에 대한 노래, 빛과 어둠과 해와 달에 대한 노래가 있었다. 키노와

부족 사람들의 머릿속에 그 노래가 모두 있었다. 지금까지 만들어진 노래는 물론 심지어 잊힌 노래까지도. 키노가 바구니를 채울 때도 그의 머릿속에는 노래가 있었다. 꾹 참고 있는 숨결에서 산소를 먹어치우는 심장의 박동이 그 노래의 박자이고, 회녹색 바닷물과 쪼르르 움직이는 작은 동물들과 구름처럼 몰려왔다 순식간에 사라지는 물고기 떼가 그 노래의 멜로디였다. 하지만 그 노래 안에 비밀스러운 내면의 노래가 하나 더 있었다. 알아차리기가 몹시 힘들어도 항상 존재했다. 달콤하고 비밀스럽고 끈질긴 그 노래는 보조 멜로디 속에 거의 숨어 있다시피 했다. 바로 있을지도 모르는 진주의 노래였다. 진주가 있을 가능성은 바구니 속에 던져 넣은 모든 조개에 존재하기 때문이었다. 희박한 가능성이기는 해도, 행운과 신들이 편을 들어줄지도 모르는 일이었다. 저 위의 카누 속에서 후아나가 기도의 마법을 부리고 있음을 키노는 알았다. 억지로 행운을 불러오려고, 신들의 손에서 행운을 빼앗아오려고 얼굴을 굳히고 근육에 딱딱하게 힘을 주고 있을 것이다. 코요티토의 부어오른 어깨 때문에 그녀에게는 행운이 필요했다. 행운이 절실히 필요하고 욕망도 절실해서, 그 비밀스러운 진주의 멜로디가 오늘따라 더 강렬했다. 여러 악절이 통째로 선명하고 부드럽게 나타나 해저의 노래가 되었다.

젊고 튼튼하고 자존심이 강한 키노는 바닷속에서 힘들이지 않고 2분 넘게 머무를 수 있었으므로, 신중하게 움직이며 가장 큰 조개만 골랐다. 조개들은 방해꾼 때문에 껍데기를 단단히 다물고 있었다. 오른쪽으로 조금 떨어진 곳, 자갈과 깨진 조각이 둔덕처럼 쌓인 곳에 아직 따면 안 되는 어린 조개가 잔뜩 모여 있었다. 키노가 그 둔덕 옆으로 갔더니, 살짝 위로 튀어나온 곳 아래에 아주 커다란 조개 한 마리가 혼자 떨어져 있는 것이 보였다. 그 몸에 달라붙은 어린 조개도 없었다. 위로 튀어나온 부분이 이 늙은 조개를 보호해주었기 때문에, 녀석은 입을 살짝 벌리고 있었다. 그 안쪽, 입술처럼 생긴 근육 속에서 뭔가가 유령처럼 반짝이는 것이 보이더니, 조개가 입을 다물어버렸다. 키노의 심장이 묵직한 리듬으로 쿵쾅거리고, 어쩌면 있을지도 모르는 진주의 멜로디가 귓가에서 쨍하니 울렸다. 그는 천천히 조개를 떼어내 가슴에 단단히 안았다. 그리고 밧줄 고리에서 발을 빼내자 그의 몸이 수면으로 올라갔다. 그의 검은 머리가 햇빛을 받아 반짝였다. 그는 카누의 뱃전 너머로 손을 뻗어 조개를 바닥에 놓았다.

그러고는 후아나가 배를 붙잡아주는 동안 배 위로 올라갔다. 흥분으로 눈을 반짝이면서도 그는 품위를 잃지 않고 돌을 끌어올린 뒤, 조개를 담아둔 바구니도 끌어올렸다. 후아나는 그의 흥분을 알아차리고 다른 곳을 보는 척했다. 어떤 것을 지나치게 원하는 건 좋지 않다. 때로는 그것이 행운을 날려버리기도 하기 때문이다. 원하는 마음은 딱 적당한 정도여야 하고, 하느님이나 신들 앞에서는 재치 있게 굴어야 한다. 그래도 후아나는 숨을 쉴 수 없었다. 키노는 짧고 튼튼한 칼을 아주 조심스럽게 펼쳤다. 그리고 생각에 잠긴 얼굴로 바구니를 보았다. 그 조개를 가장 마지막에 여는 편이 더 낫지 않을까. 키노는 바구니에서 작은 조개를 하나 꺼내 근육을 가르고 겹쳐진 살 속을 뒤져본 뒤 물속으로 던져버렸다. 그러고 나서 그 커다란 조개를 생전 처음 보듯이 보았다. 그는 카누 바닥에 쪼그리고 앉아서 그 조개를 들어 이리저리 살펴보았다. 껍데기의 주름들은 검은색에서 갈색으로 반짝이고, 작은 따개비 몇 마리만 곁에 붙어 있었다. 키노는 그것을 여는 일이 내키지 않았다. 자신이 아까 본 것이 그냥 그림자일 수도 있고, 납작한 조개껍데기 조각이 우연히 흘러든 것일 수도 있고, 완전한 환상일 수도 있었다. 이곳 만에서는 빛을 믿을 수가 없어서 실제보다 환상이 더 많았다.

하지만 그를 바라보던 후아나는 더 이상 참을 수 없었다. 그녀는 천으로 덮어둔 코요티토의 머리를 손으로 짚고 부드럽게 말했다.

"열어봐."

키노는 칼을 껍데기 속으로 능숙하게 밀어 넣었다. 조개의 근육이 딱딱하게 긴장하는 것이 칼을 통해 느껴졌다. 그가 칼을 레버처럼 움직이자, 맞물리던 근육이 벌어지면서 껍데기가 열렸다. 입술처럼 생긴 살이 몸부림치다가 점차 조용해졌다. 키노가 살을 들어 올리자 그것이 보였다. 커다란 진주알. 달처럼 완벽했다. 그것이 빛을 붙잡아 세련되게 다듬어서 눈부신 은빛으로 다시 내놓았다. 갈매기 알만큼이나 컸다. 세상에서 가장 큰 진주였다.

후아나는 숨을 죽이며 작게 앓는 소리를 냈다. 어쩌면 있을지도 모르는 진주의 비밀스러운 멜로디가 키노의 귓가에서 선명하고 아름답게 터져 나왔다. 풍부하고 따스하고 사랑스러운 멜로디가 의기양양하게 우쭐거리며 반짝였다. 그 커다란 진주의 표면에서 꿈이 형태를 갖추는 것을 그는 볼 수 있었다. 죽어가는 살 속에서 진주를 들어 손바닥에 놓고 이리저리 돌려보니, 곡선이 완벽했다. 후아나가 가까이 다가와 그것을 빤히 바라보았다. 그것을 들고 있는 손은 그가 의사의 집 대문을 후려친 바로 그 손이었다. 손마디의 찢어진 살이 바닷물 때문에 회색이 섞인 흰색으로 변색되어 있었다.

후아나는 아빠의 담요 위에 누워 있는 코요티토에게 본능적으로 다가갔다. 해초로 만든 습포를 들어내고 어깨를 본 그녀가 날카롭게 외쳤다.

"키노."

그는 진주에서 시선을 떼었다. 아기의 어깨에서 부기가 차츰 가라앉고, 독이 몸에서 물러가는 것이 보였다. 키노가 주먹으로 진주를 감싸는 순간, 감정이 터져 나왔다. 그는 고개를 뒤로 젖히고 울부짖었다. 눈이 돌아가 흰자위만 드러낸 채로 그는 고함을 질렀다. 몸이 뻣뻣했다. 다른 카누에서 남자들이 화들짝 놀라 시선을 들었다가, 노를 바다에 꽂아 넣고 키노의 카누를 향해 맹렬히 달려왔다.

3

도시는 군체 동물과 같다. 신경계도 있고, 머리도 있고, 어깨도 있고, 발도 있다. 도시마다 모두 별개의 것이라서 똑같은 도시는 존재하지 않는다. 도시는 또한 온갖 감정을 갖고 있다. 도시 전역에 소식이 전달되는 과정은 쉽게 풀 수 없는 미스터리다. 어린 사내아이들이 소식을 전하려고 바삐 질주하는 속도보다, 여자들이 울타리 너머로 소리쳐 소식을 알리는 속도보다 더 빨리 소식이 움직이는 것 같다.

키노와 후아나와 다른 어부들이 키노의 움집에 도착하기도 전에, 도시의 신경은 그 소식으로 진동하며 박동하고 있었다. 키노가 세계 최고의 진주를 발견했대. 어린 사내아이들이 숨을 몰아쉬며 목에서 말을 짜내기도 전에, 그 아이들의 엄마는 이미 알고 있었다. 움집촌을 휩쓸고 지나간 그 소식은 거품이 이는 파도를 타고, 시내의 돌과 회벽 건물들 안으로 쓸려 들어갔다. 정원을 걷고 있던 사제에게도 그 소식이 닿자, 사제는 생각에 잠긴 눈빛으로 교회에 수리가 필요한 부분들을 기억 속에서 떠올렸다. 그 진주의 가치가 얼마나 될까. 내가 키노의 아기에게 직접 세례를 주었던가. 아니 그 전에 키노의 결혼식을 집전했던가. 상점 주인들은 그 소식을 듣고, 그리 잘 팔리지 않는 남성복에 시선을 주었다.

의사에게도 그 소식이 닿았다. 그는 노화라는 질병을 앓고 있는 여자와 함께 앉아 있었는데, 환자도 의사도 노화라는 이름을 인정하려 하지 않았다. 키노가 누구인지 분명히 알게 되었을 때, 의사는 엄격하면서 동시에 현명한 사람이 되었다. "제 고객입니다" 하고 의사가 말했다.

"제가 전갈에 쏘인 그의 아이를 치료하고 있어요."

두툼한 해먹처럼 늘어진 살 속에서 의사의 눈동자가 위로 말려 올라가고, 그의 머리는 파리를 떠올렸다. 그의 기억에 자신이 거기서 살았던 집은 훌륭하고 호화로운 곳이었다. 그와 함께 살던 딱딱한 표정의 여자가 그의 기억 속에서는 아름답고 상냥한 여자가 되었다. 사실은 전혀 그런 여자가 아니었는데. 의사는 늙은 환자 너머로 시선을 주었다. 파리에서 식당에 앉아 있는 자신과 이제 막 포도주 병을 따는 웨이터의 모습이 보였다.

예배당 앞의 거지들에게는 그 소식이 일찍 닿았다. 그들은 기뻐서 조금 키득거렸다. 갑자기 행운을 얻은 가난한 사람만큼 후한 자선가는 세상에 없다는 것을 알기 때문이었다.

키노가 세계 최고의 진주를 발견했다. 시내의 작은 사무실 여러 곳에 어부에게서 진주를 사들이는 남자들이 앉아 있었다. 그들은 의자에 앉아 기다리다가 진주가 들어오면 시끄럽게 떠들어대고 싸우고 고함지르고 협박해서 어부가 참을 수 있는 최저한도까지 가격을 내렸다. 그러나 그들도 감히 더 이상 내리지 못하는 한도가 있었다. 절망한 어부가 진주를 교회에 바쳐버린 적이 실제로 있기 때문이었다. 매입이 끝나면, 이 매입자들은 혼자 앉아서 잠시도 쉬지 않고 손가락을 놀려 진주를 만지작거리며 자신이 이것의 주인이기를 소망했다. 사실 매입자는 여러 명이 아니라 딱 한 명이었다. 그 단 한 명이 이렇게 여러 명의 대리인을 각각 별도의 사무실에 둔 것은 서로 경쟁하는 것 같은 인상을 주기 위해서였다. 대리인들에게 그 소식이 닿았을 때, 그들의 눈이 가늘어지고 손끝에 조금 타는 듯한 감각이 일었다. 자기들의 윗사람인 그가 영원히 살지는 않을 테니 누군가가 그의 자리를 차지해야 할 거라는 생각을 그들 모두가 했다. 자본이 조금 있으면 새로운 시작을 할 수 있을 것이라는 생각도 그들 모두가 했다.

온갖 종류의 사람이 점점 키노에게 관심을 갖게 되었다. 팔 물건이 있는 사람과 부탁할 것이 있는 사람. 키노가 세계 최고의 진주를 발견했다. 진주의 정수가 사람들의 정수와 섞여, 정체 모를 어두운 침전물이 생겼다. 모든 사람이 갑자기 키노의 진주에 관심을 품었고 모두의 꿈, 생각, 계획, 미래, 소망, 욕구, 욕망, 허기에 키노의 진주가 등장했다. 그들을 방해하는 인물은 단 한 명 키노뿐이었으므로 신기하게도 그는 모두의 적이 되었다. 그 소식이 이 도시에서 무한히 검고 사악한 어떤 것을 휘저어놓았다. 그 검은 정수는 전갈과 비슷했다. 음식 냄새가 풍기는 곳에서 느끼는 허기와 비슷했다. 사랑을 거부당했을 때의 고독과 비슷했다. 이 도시의 독주머니들이 독액을 제조하기 시작했다. 그 압력으로 도시가 부풀어올라 헐떡였다.

하지만 키노와 후아나는 이런 사정을 알지 못했다. 자기들이 기뻐서 들떠 있으니, 모두가 함께 기뻐하는 줄 알았다. 후안 토마스와 아폴로니아는 실제로 함께 기뻐했다. 그들 또한 세상이었다. 오후가 되어 반도의 산 너머로 해가 넘어가 외해에 가라앉을 무렵, 키노는 후아나와 나란히 집 안에 쪼그리고 앉았다. 움집에 이웃들이 우글거렸다. 키노는 그 굉장한 진주를 손에 들고 있었다. 진주는 따스하게 살아 있었다. 진주의 음악과 가족의 음악이 합쳐져서 서로를 아름답게 만들어주었다. 이웃들은 키노가 들고 있는 진주를 보며, 저런 행운은 어떻게 찾아오는 건지 궁금해했다.

키노의 형제라서 그의 오른편에 쪼그리고 앉은 후안 토마스가 물었다.

"이제 부자가 됐으니 뭘 할 거야?"

키노는 진주를 들여다보았다. 후아나는 속눈썹을 내리깔고, 들뜬 얼굴이 보이지 않게 숄을 들어 가렸다. 진주의 하얀빛 속에서, 키노가 과거에 생각했으나 불가능한 일이라고 포기했던 것들의 그림이 나타났다. 자신이 후아나와 코요티토와 함께 높은 제단 앞에 서 있다가 무릎을 꿇는 모습이 진주 속에 보였다. 이제 돈을 낼 수 있게 되었으니 결혼식을 올리는 장면이었다. 그가 부드럽게 말했다.

"결혼할 거야······ 교회에서."

자신들이 무슨 옷을 입고 있는지도 진주 속에 보였다. 후아나는 새것이라 빳빳한 숄을 걸치고 새 치마를 입었다. 긴 치마 아래로 신발을 신은 발도 보였다. 이 그림이 진주 속에서 빛나고 있었다. 키노 자신은 하얀색 새 옷을 입고, 새 모자를 손에 들었다. 밀짚모자가 아니라 질 좋은 검은색 펠트 모자였다. 그 역시 신발을 신었다. 샌들이 아니라 끈으로 묶는 구두였다. 하지만 코요티토, 그 아이가 진짜였다. 코요티토는 미국산 파란색 세일러복을 입고, 예전에 유람선이 후미에 들어왔을 때 키노가 한 번 본 적이 있는 작은 요트 모자를 썼다. 빛나는 진주 속에서 이 모든 것을 본 키노가 말했다.

"새 옷을 살 거야."

진주의 음악이 그의 귓가에서 트럼펫의 합창처럼 커졌다.

그다음에는 진주의 아름다운 회색 표면에 키노가 원하는 사소한 것들이 나타났다. 1년 전에 잃어버린 작살을 대신할 새 작살. 자루 끝에 고리가 하나 달린 철제 작살이었다. 그다음에는…… 비록 그의 머리가 그렇게 커다란 생각의 도약을 미처 감당하지 못했지만…… 라이플 한 자루…… 안 될 것도 없지. 이제 그는 부자인데. 키노는 진주 속에서 키노를 보았다. 윈체스터 카빈총을 든 키노. 어처구니없는 백일몽이었지만 아주 좋았다. 그의 입술이 머뭇머뭇 움직였다.

"라이플. 아마도 라이플 한 자루."

라이플이 장벽을 부쉈다. 라이플은 불가능한 물건이었다. 그런데 그가 라이플을 갖는 생각을 할 수 있다면 온갖 장막이 다 터져나간 셈이니 그대로 돌진해 나아갈 수 있었다. 인간은 결코 만족할 줄을 모른다고 하지 않는가. 인간에게 하나를 주면 더 많은 것을 원한다고 하지 않는가. 이건 비난하는 말이지만, 이런 점은 인간이라는 종의 가장 훌륭한 재능 중 하나다. 가진 것에 만족하는 동물들보다 인간을 우월하게 만들어준 재능이기도 하다.

집 안을 빽빽이 채운 채 말이 없던 이웃들은 그의 어이없는 상상에 고개를 끄덕였다. 뒤편에서 어떤 남자가 중얼거렸다.

"라이플이라. 라이플을 가질 거래."

진주의 음악이 키노의 머릿속에서 승리의 비명을 질러댔다. 후아나가 시선을 들었다. 키노의 용기와 상상에 그녀의 눈이 커다래져 있었다. 장막이 터져나갔으니 키노는 이제 전기 같은 힘을 얻었다. 코요티토가 학교에서 작은 책상에 앉아 있는 모습이 진주 속에 보였다. 키노가 예전에 열린 문틈으로 한 번 본 적이 있는 광경과 똑같은 모습이었다. 코요티토는 재킷을 입었고, 하얀 옷깃에 널찍하고 매끄러운 타이를 맸다. 그뿐만 아니라, 커다란 종이에 글자를 쓰고 있었다. 키노는 사나운 얼굴로 이웃들을 보았다.

"내 아들은 학교에 갈 거야."

그가 이렇게 말하자 이웃들은 숨을 죽였다. 후아나는 훅 하고 숨을 삼켰다. 눈을 빛내며 키노를 지켜보다가 재빨리 시선을 내려 품속의 코요티토를 보았다. 정말 그런 일이 가능할까 싶어서.

키노의 얼굴이 예언자처럼 빛났다.

"내 아들은 글을 익혀 책을 펼칠 거야. 내 아들은 글 쓰는 법을 알 게 될 거야. 내 아들은 숫자를 헤아릴 거야. 그래서 우리가 자유로워 질 거야. 내 아들이 배운 사람이 될 테니까. 내 아들이 배우면, 그 애 를 통해서 우리도 배우게 될 테니까."

진주 속에서 키노는 움집 안의 작은 불가에 자신과 후아나가 앉 아 있고 코요티토는 커다란 책을 읽는 모습을 보았다.

"이 진주가 그런 일을 해낼 거야."

키노가 말했다. 지금까지 살면서 한꺼번에 이렇게 말을 많이 한 적은 처음이었다. 그러다 갑자기 자신의 말이 무서워졌다. 그는 손 으로 진주를 감싸 빛이 닿지 못하게 했다. 키노는 두려웠다. 알지도 못하면서 "내가 이러이러한 일을 하겠다" 하고 말하는 사람과 마찬 가지로.

이제 이웃들은 엄청난 경이의 목격자가 되었음을 깨달았다. 이제 부터는 키노의 진주를 기점으로 시간을 헤아리게 될 것이고, 지금 이 순간이 앞으로 오랫동안 사람들의 입에 오르내릴 것이다. 키노 가 말한 일이 정말로 일어난다면, 그들은 키노가 어떤 모습이었고 무슨 말을 했는지, 눈이 어떻게 빛났는지 회상할 것이다. 그리고 이 렇게 말할 것이다.

"사람이 아주 달라졌어. 무슨 힘을 얻은 사람 같았다니까. 그게 시작이었어. 그 순간을 시작으로 지금 키노가 얼마나 대단한 사람이 됐는지 봐. 내가 그 과정을 직접 봤어."

만약 키노의 계획이 물거품이 된다면, 이웃들은 이렇게 말할 것이다.

"그때가 시작이었어. 키노가 어리석은 광기에 사로잡혀서 어리석은 말을 했지. 하느님, 저희에게는 그런 일이 생기지 않게 해주세요. 그래, 하느님이 키노를 벌하신 거야. 녀석이 세상 이치에 반항했으니까. 지금 녀석의 꼴을 봐. 녀석이 이성을 잃던 그 순간을 내가 직접 봤어."

키노는 진주를 감싼 자신의 손을 내려다보았다. 얼마 전 의사의 집에서 문을 주먹으로 때린 탓에 손마디에 온통 단단한 딱지가 앉아 있었다.

어스름이 다가왔다. 후아나는 숄로 아이를 받쳐 엉덩이에 매달았다. 그러고는 불구덩이로 가서 재 속에서 잉걸불을 캐낸 뒤 잔가지 몇 개를 부러뜨려 그 위에 놓고 부채질을 해서 불길을 살려냈다. 작은 불빛이 이웃들의 얼굴에서 춤을 추었다. 각자 자기 집으로 돌아가 저녁 식사를 준비해야 한다는 걸 알면서도 이 자리를 쉽사리 떠나지 못했다.

날이 거의 어두워지고, 후아나가 피운 불이 움집 벽에 그림자를 던질 때 입에서 입으로 속삭임이 전해졌다.

"신부님이 오신대…… 신부님이 오신대."

남자들은 머리에 쓴 것을 벗고 문에서 뒤로 물러났다. 여자들은 숄을 얼굴 근처로 끌어올려 여미고 눈을 내리깔았다. 키노와 그의 형 후안 토마스는 일어섰다. 신부가 들어왔다. 머리가 희끗희끗하고 피부도 점점 늙어가고 있었지만, 눈빛은 예리하고 젊었다. 그는 여기 사람들을 아이로 생각하며 아이처럼 대했다.

"키노."

신부가 부드럽게 말했다.

"네 이름은 아주 훌륭한 사람의 이름을 딴 것이지. 교회의 훌륭한 신부님 이름이야."

마치 축복을 내리는 것 같은 말투였다.

"네게 이름을 주신 그분은 사막을 길들이고, 너희 부족 사람들의 마음을 녹였어. 알고 있었니? 책에 다 나와 있단다."

키노는 후아나의 엉덩이에 매달려 있는 코요티토의 머리를 재빨리 내려다보았다. 책에 무엇이 있고 무엇이 없는지 언젠가 저 아이가 다 알게 될 거야. 그의 마음이 이렇게 말했다. 음악은 키노의 머릿속에서 사라졌지만, 아침의 멜로디가, 악마와 적의 음악이 아주 어렴풋이 느리게 들려왔다. 희미하고 약한 소리였다. 키노는 누가

이 노래를 불러왔나 싶어서 이웃들을 바라보았다.

하지만 신부가 다시 입을 열었다.

"네가 커다란 행운을, 큰 진주를 발견했다는 말을 들었다."

키노는 손을 펼쳐 내밀었다. 신부는 진주의 크기와 아름다움에
놀라서 살짝 숨을 삼켰다.

"감사를 바치는 걸 잊지 않겠지? 네게 이런 보물을 내려주신 그
분에게. 그리고 미래를 위한 지침을 내려달라고 기도하는 것도 기
억하기 바란다."

키노는 말없이 고개를 끄덕였다. 부드러운 목소리로 입을 연 사
람은 후아나였다.

"그렇게 할 거예요, 신부님. 이제 결혼식도 올릴 거예요. 키노가
그렇게 말했어요."

확인을 해달라는 듯이 그녀가 이웃들을 보자, 이웃들은 엄숙한
얼굴로 고개를 끄덕였다.

신부가 말했다.

"너희가 가장 먼저 선한 생각을 했다니 기쁘구나. 하느님의 축복
이 있기를, 내 아이들아."

그는 몸을 돌려 조용히 밖으로 나갔다. 사람들이 그를 위해 길을
내주었다.

키노는 다시 진주를 단단히 감싸 쥐고, 의심이 담긴 눈빛으로 사방을 힐끔거리고 있었다. 사악한 노래가 진주의 노래에 맞서 그의 귓가에서 날카롭게 울리고 있기 때문이었다.

이웃들이 하나둘 각자의 집으로 돌아가고, 후아나는 불가에 쪼그리고 앉아 삶은 콩을 담은 질그릇을 불 위에 올렸다. 키노는 문간으로 가서 밖을 내다보았다. 언제나 그렇듯이, 여러 집에서 불을 피운 탓에 연기 냄새가 났다. 별빛은 몽롱하고, 밤공기에는 습기가 있어서 그는 코를 막았다. 말라빠진 개가 그에게 다가와, 바람에 휘날리는 깃발처럼 온몸을 움직이며 인사했다. 키노는 녀석을 내려다보았지만 녀석의 모습을 눈에 담지는 않았다. 그가 장막을 뚫고 나아간 곳은 춥고 고독한 바깥이었다. 허허벌판에 혼자 서 있는 것 같았다. 귀뚜라미 울음소리와 청개구리의 찢어지는 소리와 두꺼비의 거친 소리가 악마의 멜로디를 계속 이어가는 것 같았다. 키노는 몸을 살짝 떨면서 담요를 코끝까지 더 단단히 잡아당겼다. 그는 여전히 진주를 단단히 손에 쥐고 있었다. 살갖에 닿는 진주의 느낌이 따스하고 매끄러웠다.

뒤에서 후아나가 빵 반죽을 납작하게 두드려 질그릇 요리판에 놓는 소리가 들렸다. 가정의 따스함과 안정감이 한껏 느껴졌다. 가족의 노래가 기분 좋게 목을 울리는 새끼 고양이 소리처럼 등 뒤에서 들려왔다. 아까 미래가 어떻게 될지 말한 것으로 그는 그 미래를 창조해냈다. 계획은 현실이고, 미래를 향해 생각해본 것들은 경험이 된다. 일단 계획을 세워서 생생하게 그려보고 나면, 그 계획은 다른 현실과 똑같은 현실이 된다. 그것은 결코 파괴되지는 않지만 공격받기는 쉽다. 그렇게 키노의 미래도 현실이 되었으나, 그것을 파괴하려는 다른 힘들도 생겨났다. 키노도 이것을 알기 때문에 그 공격에 맞설 준비를 해야 했다. 키노가 아는 것은 또 있었다. 신들은 인간의 계획을 사랑하지 않는다는 것. 신들은 또한 우연한 성공이 아닌 성공도 사랑하지 않는다. 신들이 스스로 노력해서 성공한 사람에게 복수한다는 것을 키노는 알았다. 따라서 키노는 계획을 두려워했다. 하지만 이미 계획을 하나 만들어버렸으니 파괴할 길이 없었다. 공격에 맞서기 위해 키노는 세상을 상대로 벌써 단단한 외피를 만들고 있었다. 위험이 나타나기 전에 알아차리려고 그는 눈과 머리로 탐색했다.

문간에 선 그의 눈에 점점 다가오는 두 남자의 모습이 들어왔다. 한 명이 들고 있는 랜턴이 그들의 다리와 땅바닥을 비췄다. 두 남자는 잡목으로 만든 키노의 울타리 출입구를 통과해 움집 문간으로 다가왔다. 아침에 의사의 집에서 문을 열어주었던 하인과 의사였다. 두 사람이 누군지 깨닫고 나니, 키노의 오른손 손마디의 상처가 타는 듯 뜨거워졌다.

의사가 말했다.

"오늘 아침 자네가 왔을 때 내가 집에 없었어. 그래도 시간이 나는 대로 곧장 이렇게 아기를 보러 왔네."

키노의 몸이 문간을 가득 채웠다. 그의 머릿속에서 증오심이 불꽃이 되어 날뛰었으나 두려운 마음도 있었다. 수백 년에 걸친 굴종의 습관이 그에게 깊이 배어 있는 탓이었다.

"아기는 이제 거의 나았습니다."

그가 무뚝뚝하게 말했다.

의사는 빙긋 웃었지만, 해먹처럼 늘어진 살 속의 눈은 웃지 않았다.

"가끔은 말이야, 전갈에 쏘인 환자에게 이상한 현상이 나타난다네. 분명히 증세가 나아진 것 같았는데 느닷없이…… 펑!"

의사는 입을 꾹 다물고 작게 폭발하는 듯한 소리를 냈다. 그런 현상이 얼마나 순식간에 일어날 수 있는지 보여주기 위해서였다. 그러고 나서 그는 작은 검은색 진찰 가방을 조금씩 움직여 램프의 불빛이 닿게 했다. 키노의 종족이 종류를 막론하고 모든 도구를 사랑하고 신뢰한다는 사실을 알기 때문이었다. 의사는 유창하게 말을 이었다.

"가끔은, 가끔은 다리가 시들시들 말라버리거나 눈이 멀거나 등이 구부러지지. 아, 전갈에 쏘인 상처는 내가 잘 알아. 치료할 수도 있고."

키노의 분노와 증오가 녹아 두려움 쪽으로 기울어졌다. 키노 자신은 아는 것이 없지만, 이 의사는 잘 알 수도 있었다. 자신의 무지와 의사가 어쩌면 가지고 있을지도 모르는 지식을 견주어보며 위험을 무릅쓸 수는 없었다. 그의 종족이 항상 그랬듯이 그도 어쩔 수 없는 처지였다. 아까 그가 말했던 것처럼 책 속에 있다는 이야기들이 정말로 책 속에 있는지 확실히 알게 될 때까지는 계속 이런 처지일 터였다. 그는 위험을 무릅쓸 수 없었다. 코요티토의 목숨이, 또는 똑바로 펴진 몸이 걸린 일이었으므로. 그는 옆으로 물러나, 의사와 그의 하인에게 길을 터줬다.

후아나는 불가에서 일어나 뒷걸음으로 물러났다. 그리고 숄 자락으로 아기의 얼굴을 덮었다. 의사가 다가가 한 손을 내밀자, 후아나는 아기를 단단히 끌어안고 키노를 보았다. 서 있는 키노의 얼굴에서 불 그림자가 너울거렸다.

키노가 고개를 끄덕이자 후아나는 비로소 의사에게 아기를 내주었다.

"불 들고 있어" 하고 의사가 말했다. 하인이 랜턴을 높이 들어 올린 가운데, 의사는 아기의 어깨에 난 상처를 잠시 살펴보았다. 그러고는 잠시 생각에 잠겼다가 아기의 눈꺼풀을 뒤집어 안구를 보았다. 버둥거리며 반항하는 코요티토 앞에서 의사가 고개를 끄덕였다.

"생각했던 대로야."

의사가 말했다.

"독이 안으로 들어갔으니 곧 아이를 공격할 거야. 와서 보게!"

그는 눈꺼풀을 아래로 내렸다.

"봐…… 파란색이지?"

불안한 얼굴의 키노가 보기에도 과연 푸르스름한 색이었다. 그 부위가 항상 푸르스름한 색을 띠는 곳인지는 알 수 없었지만, 이미 함정이 설치된 이상 위험을 무릅쓸 수는 없었다.

해먹처럼 늘어진 살 속에서 의사의 눈에 눈물이 고였다.

"내가 약으로 독의 방향을 한번 돌려보겠네."

의사는 이렇게 말하고 나서 키노에게 아기를 넘겼다.

그러고는 가방에서 하얀 가루가 든 작은 병과 젤라틴 캡슐을 꺼냈다. 그는 캡슐에 가루를 채워 닫은 뒤, 그 위에 또 다른 캡슐을 씌워서 봉했다. 그다음에 그가 보여준 움직임은 아주 능숙했다. 그는 아기를 다시 데려가 아랫입술을 살짝 잡아 입을 벌리고, 두툼한 손가락으로 캡슐을 아기의 혀 안쪽 깊숙한 곳에 놓았다. 아기가 뱉으려야 뱉을 수 없는 지점이었다. 그러고 나서 의사는 바닥에서 작은 풀케 병을 들어 코요티토에게 한 모금 마시게 했다. 그것으로 끝이었다. 의사는 아기의 안구를 다시 살핀 뒤, 입을 꾹 다물고 생각에 잠긴 듯했다.

마침내 그가 아기를 후아나에게 다시 넘기고 키노에게 시선을 돌렸다.

"내 생각엔 독이 한 시간 안에 아이를 공격할 것 같네. 저 약이 아이를 구해줄지도 모르지. 어쨌든 내가 한 시간 뒤에 다시 오겠네. 어쩌면 내가 아이를 구할 수 있는 시간에 딱 맞춰서 온 것 같기도 해."

의사는 심호흡을 한 뒤 움집 밖으로 나갔다. 하인이 랜턴을 들고 그의 뒤를 따랐다.

후아나는 숄로 아이를 덮어준 뒤, 불안과 두려움이 서린 얼굴로 숄을 빤히 바라보았다. 키노가 다가와서 숄을 들추고는 아기를 빤히 바라보았다. 그리고 손을 움직여 눈꺼풀 안쪽을 보려다가, 손에 진주를 아직도 들고 있는 것을 깨달았다. 그는 벽 앞의 상자로 가서 거기서 천 조각을 꺼내 진주를 감싼 뒤, 움집 구석으로 가서 손가락으로 땅바닥에 작은 구멍을 팠다. 그는 그 구멍에 진주를 넣고 그 위를 흙으로 덮어 가렸다. 그다음에야 불가에 앉아 아기의 얼굴을 지켜보고 있는 후아나에게 다가갔다.

집으로 돌아온 의사는 의자에 앉아 손목시계를 보았다. 집에서 일하는 이들이 초콜릿과 달콤한 케이크와 과일을 저녁 식사로 가져다주었다. 의사는 불만스러운 표정으로 음식을 바라보았다.

이웃들의 집에서는 앞으로 오랫동안 화젯거리가 될 이야기가 처음으로 오갔다. 그들은 엄지손가락을 동원해서 진주가 얼마나 컸는지 서로에게 보여주고, 그 아름다움을 표현하기 위해 살짝 쓰다듬는 시늉을 했다. 이제부터 그들은 키노와 후아나를 아주 자세히 관찰하면서, 누구나 그렇듯이 그 둘도 재물로 인해 다른 사람이 되어버릴지 지켜볼 것이다. 의사가 아이를 보러 온 이유를 모르는 사람은 없었다. 그는 속내를 잘 감추지 못했으므로 모두 그의 생각을 이해할 수 있었다.

후미에서는 단단히 뭉쳐서 움직이는 작은 물고기 떼가 자신들을 잡아먹으려고 달려드는 큰 물고기 떼에게서 도망치려고 수면으로 올라와 반짝였다. 작은 물고기가 휙휙 움직이는 소리와 큰 물고기가 첨벙첨벙 달려들어 그들을 무자비하게 잡아먹는 소리가 집 안에 있는 사람들에게까지 들렸다. 만에서부터 올라온 습기가 덤불과 선인장과 작은 나무에 내려앉아 짭짤한 물방울이 되었다. 밤에 돌아다니는 생쥐가 땅 위에서 살금살금 움직이고, 밤에 돌아다니는 매가 녀석들을 소리 없이 사냥했다.

눈 위에 불꽃같은 무늬가 있는 깡마른 검은색 강아지가 키노의 문 앞으로 와서 안을 들여다보았다. 키노가 시선을 들어 언뜻 자신을 봤을 때 개는 궁둥이를 흔들 뻔했지만, 키노가 시선을 돌려버리는 바람에 풀이 죽었다. 개는 집 안으로 들어오지 않고, 키노가 작은 질그릇 접시에 담긴 콩을 먹은 뒤 옥수수빵으로 접시를 깨끗이 닦아 먹고 풀케 한 모금으로 입가심을 하는 모습을 열광적으로 지켜보았다.

식사를 마친 키노가 담배를 말고 있을 때 후아나가 날카로운 목소리로 말했다.

"키노."

그는 후아나를 흘깃 본 뒤 벌떡 일어나서 그녀에게 다가갔다. 아내의 눈에 두려움이 서려 있었다. 키노는 아내 옆에 서서 내려다보았지만, 불빛이 너무 희미했다. 그래서 잔가지 한 더미를 발로 차서 불구덩이에 넣어 불꽃을 확 키운 뒤에야 코요티토의 얼굴을 볼 수 있었다. 아이의 얼굴이 벌겋고 목이 뭘 삼키듯이 계속 움직이고 침한 줄기가 입술에서 늘어져 있었다. 배 근육이 경련하기 시작하더니 아기의 상태가 심각해졌다.

키노는 아내 옆에 무릎으로 앉았다.

"의사는 알고 있었어."

이것은 아내뿐만 아니라 키노 자신을 위한 말이기도 했다. 강한 의심을 품은 채로 그는 그 하얀 가루를 떠올리고 있었다. 후아나가 좌우로 몸을 흔들며 가족의 노래를 신음처럼 작게 읊조렸다. 마치 그 노래가 위험을 물리칠 수 있다는 듯이. 아기가 후아나의 품속에서 속을 게워내고 몸부림쳤다. 불안해진 키노의 머릿속에서 악마의 노래가 쿵쿵거리는 바람에 후아나의 노래가 거의 밀려날 뻔했다.

의사는 초콜릿을 다 먹고, 달콤한 케이크 부스러기를 조금씩 오물거렸다. 그러고는 냅킨으로 손가락을 닦고 손목시계를 확인한 뒤 일어서서 진찰 가방을 들었다.

아기가 아프다는 소식이 움집촌에 빠르게 퍼졌다. 가난한 사람들에게 질병은 굶주림 다음으로 큰 적이다. 어떤 사람들은 작은 목소리로 이렇게 말했다.

"봐라, 행운은 못된 친구를 불러오는 법이야."

그들은 고개를 끄덕이며 일어나 키노의 집으로 향했다. 코를 가린 이웃들이 어둠 속에서 허둥지둥 움직여 키노의 집 앞으로 다시 북적북적 들어왔다. 그러고는 가만히 서서 지켜보며, 기쁜 순간에 이런 일이 생겨서 슬프다는 말을 작게 주고받았다.

"모든 건 하느님의 손 안에 있어."

나이 많은 여자들은 후아나 옆에 앉아 도울 일이 있으면 돕고, 도울 일이 없으면 위로라도 하려고 했다.

그때 의사가 하인을 데리고 급히 안으로 들어왔다. 그는 후아나 주위의 여자들을 닭을 쫓듯 쫓아버린 뒤 아기를 데려가 진찰하며 머리를 만져보았다.

"독이 작동했어. 내가 독을 물리칠 수 있을 것 같네. 있는 힘껏 한 번 해봄세."

그는 물을 달라고 하더니, 물잔 안에 암모니아 세 방울을 떨어뜨리고 아기의 입을 억지로 벌려 물을 쏟아부었다. 아기는 어푸어푸 물을 삼키며 괴로운 비명을 질렀다. 후아나는 넋이 나간 얼굴로 아기를 지켜보았다. 의사가 손을 놀리면서 말했다.

"내가 전갈 독에 대해 아는 사람이라 다행이야. 내가 아니면……."

그는 어찌 되었을지 생각해보라는 듯이 어깨를 으쓱했다.

그래도 키노는 의심스러워서 열려 있는 진찰 가방에서, 그 안의 하얀 가루가 담긴 병에서 눈을 떼지 못했다. 점차 경련이 가라앉고, 아기의 몸에서 힘이 빠졌다. 코요티토는 깊은 한숨을 쉬더니, 속을 게워내느라 몹시 지쳤는지 잠에 빠졌다.

의사가 아기를 후아나의 품에 안겨주었다.

"이제 괜찮아질 거야. 내가 싸움에서 이겼어."

후아나가 숭배하듯이 그를 바라보았다.

의사가 진찰 가방을 닫으며 말했다.

"치료비는 언제 줄 수 있겠나?"

심지어 상냥한 말투였다.

"진주가 팔리면 그때 드리겠습니다."

키노가 말했다.

"진주가 있어? 좋은 건가?"

의사가 흥미를 보이며 물었다.

그러자 이웃들이 합창하듯 끼어들었다.

"세계 최고의 진주를 저 친구가 발견했어요."

그들은 이렇게 외치며, 엄지와 검지를 붙여 진주의 크기를 보여
주었다.

"키노는 부자가 될 거예요. 그런 진주는 한 번도 못 봤어요."

그들이 소리쳤다.

의사는 놀란 표정이었다.

"난 금시초문인걸. 진주를 안전한 곳에 두었나? 내 금고에 넣어
두는 게 어떻겠나?"

키노는 눈을 내리깔고 뺨에 단단히 힘을 주었다.

"잘 보관해뒀어요. 내일 그걸 팔아서 치료비를 드리겠습니다."

의사는 어깨를 으쓱했다. 물기 어린 그의 눈이 키노의 눈을 계속 바라보았다. 진주가 집 안에 묻혀 있을 것이라고 그는 확신했다. 키노가 그 자리를 향해 시선을 줄지도 모르겠다는 생각이 들었다.

"팔기도 전에 누가 그걸 훔쳐간다면 정말 안타까울 거야."

의사가 말했다. 그러자 키노의 눈이 움집 측면 기둥 근처의 바닥으로 저절로 흘깃 향하는 것이 보였다.

의사가 떠난 뒤 이웃들도 모두 마지못해 집으로 돌아갔다. 키노는 이글거리는 불구덩이 옆에 쪼그리고 앉아서 밤의 소리에 귀를 기울였다. 작고 부드러운 파도 소리와 멀리서 들려오는 개 짖는 소리, 움집 지붕을 통과하는 산들바람 소리와 이웃들이 각자 집에서 작게 이야기를 나누는 소리. 이 사람들은 밤새 곤히 잠들지 않는다. 도중에 깨서 조금 이야기를 나누다가 다시 잠든다. 얼마 뒤 키노는 일어서서 문으로 갔다.

산들바람의 냄새를 맡고, 혹시 은밀하고 낯선 소리가 들리지 않는지 귀를 기울였다. 그의 눈은 어둠 속을 탐색했다. 악마의 노래가 머릿속에 울리고 있어서 그는 두려움에 사나워졌다. 감각을 총동원해 밤 풍경을 탐색한 뒤 그는 진주를 묻어둔 자리로 가서 다시 파내 자신의 잠자리로 가져왔다. 그리고 잠자리 깔개 아래의 흙바닥에 구멍을 파고 진주를 묻었다.

후아나는 불구덩이 옆에 앉아서 의문을 품은 눈으로 그를 지켜보았다. 그가 진주를 다 묻어 가린 뒤 그녀가 물었다.

"누구를 두려워하는 거야?"

키노는 진실한 대답이 무엇일까 고민하다가 말했다.

"모든 사람."

단단한 껍질 같은 것이 자신을 점차 뒤덮는 것 같았다.

얼마 뒤 두 사람은 잠자리 깔개 위에 나란히 누웠다. 후아나는 아기를 상자에 눕히지 않고 품에 안아 숄로 얼굴을 가려주었다. 불구덩이에 마지막으로 남아 있던 깜부기불에서 빛이 꺼졌다.

하지만 키노의 머리는 잠을 자는 동안에도 계속 타올랐다. 코요티토가 글을 읽게 되는 꿈, 동족 한 명이 그에게 세상의 진리를 말해 줄 수 있게 되는 꿈을 꿨다. 꿈에서 코요티토가 읽는 책은 집채만큼 크고, 글자 하나의 크기는 개의 몸만큼 컸다. 단어들이 책 위에서 마구 뛰어다니며 놀았다. 그러다 종이 위로 어둠이 번지더니, 악마의 음악이 다시 시작되었다. 키노는 잠결에 몸을 뒤척였다. 그러자 후아나가 어둠 속에서 눈을 떴다. 곧 키노도 깨어났다. 악마의 음악이 그의 내면에서 박동하는 가운데, 그는 어둠 속에서 귀를 쫑긋 세우고 누워 있었다.

집 귀퉁이에서 아주 작은 소리가 들려왔다. 착각한 게 아닐까 싶을 만큼 작고 은밀한 그 소리는 발로 땅을 밟는 소리, 거의 들리지 않게 숨을 죽인 소리였다. 키노는 숨을 참고 귀를 기울였다. 지금 집 안에 들어온 것의 정체가 무엇이든 그것도 숨을 참고 귀를 기울이고 있음이 분명했다. 움집 귀퉁이에서는 잠시 아무 소리도 들려오지 않았다. 어쩌면 키노는 그대로 자신이 착각한 모양이라고 생각했을지도 모른다. 하지만 후아나의 손이 경고하듯 살금살금 그에게 다가왔다. 그리고 그 소리가 다시 들렸다! 마른 흙바닥을 속삭이듯 조심스레 발로 밟는 소리와 손가락으로 흙을 긁는 소리.

걷잡을 수 없는 두려움이 키노의 가슴속에서 솟았다. 분노도 함께 일었다. 언제나 그렇듯이. 키노는 목걸이처럼 걸고 있는 칼을 향해 가슴으로 조심조심 손을 움직여, 성난 고양이처럼 벌떡 일어나서 구석에 있는 그 어두운 물체를 향해 달려들며 침을 뱉었다. 천이 만져져서 칼로 찔렀으나 빗나갔다. 다시 칼을 휘둘렀더니 칼이 천을 뚫고 지나가는 것이 느껴졌다. 그 순간 머릿속에 번개가 치면서 통증이 폭발했다. 문간에서 허둥지둥 움직이는 소리가 작게 들렸다. 뛰어가는 발소리였는데, 금방 다시 조용해졌다.

키노는 이마에서 따뜻한 피가 흐르는 것을 느끼며, 자신을 부르는 후아나의 목소리를 들었다.

"키노! 키노!"

두려움이 가득한 목소리였다. 아까 분노가 치솟을 때처럼 순식간에 냉정해진 그는 입을 열었다.

"난 괜찮아. 그건 사라졌어."

그는 더듬더듬 잠자리 깔개로 돌아왔다. 후아나가 벌써 불을 피우려고 움직이는 중이었다. 그녀는 재 속에서 깜부기불을 파낸 뒤 길게 찢은 옥수수 껍데기를 그 위에 놓고 입김을 불었다. 아주 희미한 빛이 움집 안에서 춤을 추었다. 후아나는 비밀 장소에 숨겨두었던 신성한 양초 토막을 가져와 불을 붙여서 불구덩이 옆 돌 위에 놓았다. 작은 소리로 뭔가를 읊조리며 빠르게 움직이던 그녀가 숄 끝을 물에 적셔 키노의 이마에서 피를 닦아주었다.

"난 아무렇지도 않아."

키노는 이렇게 말했지만, 그의 눈과 목소리는 냉혹하고 차가웠다. 그의 마음속에서 증오심이 점점 자라나고 있었다.

후아나의 마음속에서 점점 커지던 긴장감이 이제 완전히 끓어올라 그녀는 입술에 힘을 주었다.

"이건 사악한 물건이야."

그녀가 거칠게 소리쳤다.

"이 진주는 죄악과 같아! 이게 우리를 부술 거야."

그녀는 더욱 날카롭게 언성을 높였다.

"내다버려, 키노. 돌로 부수자. 땅에 묻고 잊어버리자. 다시 바다에 던지자. 그게 악마를 불러왔어. 키노, 내 남편, 그게 우리를 부술 거야."

불빛 속에서 그녀의 입술과 눈에 두려움이 생생히 살아 있었다.

하지만 키노는 얼굴을 굳혔다. 그의 마음과 의지도 굳건했다.

"이건 우리한테 한 번뿐인 기회야. 우리 아들은 반드시 학교에 가야 해. 우리를 가둔 틀을 그 애가 부숴야 해."

"그게 우리 모두를 부술 거야."

후아나가 소리쳤다.

"우리 아들까지도."

"쉿. 더 이상 말하지 마. 아침에 진주를 팔고 나면 악마는 사라지고 좋은 것만 남을 거야. 이제 조용히 있어, 내 아내."

그는 작은 불꽃을 향해 험상궂은 눈빛을 보냈다. 자신이 아직도 칼을 손에 쥐고 있음을 그제야 깨달은 그는 칼을 들어 살펴보았다. 강철 칼날에 피가 선을 그리고 있었다. 그는 곧바로 바지에 칼날을 닦으려다가 칼을 땅속에 푹 박아서 피를 닦았다.

멀리서 수탉이 울기 시작하고, 공기가 변하면서 여명이 다가왔다. 아침 바람이 후미의 물에 잔물결을 일으키며 맹그로브 숲속에서 속삭였다. 자갈이 깔린 바닷가를 두드리는 파도 소리의 박자가 점점 빨라졌다. 키노는 잠자리 깔개를 들고 진주를 파내서 앞으로 들고 빤히 바라보았다.

작은 양초의 불빛을 받아 은은하게 깜박거리는 진주의 아름다움이 그의 뇌를 속였다. 어찌나 사랑스럽고, 어찌나 부드러운지. 진주가 스스로 음악을 만들어냈다. 약속과 기쁨의 음악, 미래에 대한 보장, 위안과 안정. 그 따스한 빛은 질병을 막아주는 찜질약과 모욕을 막아주는 벽을 약속했다. 굶주림으로 이어지는 문을 닫아주었다. 진주를 바라보는 키노의 눈빛이 부드러워지고, 얼굴도 느슨해졌다. 진주의 부드러운 표면에 신성한 양초가 비쳤다. 아름다운 해저의 노래가 그의 귓가에 다시 들려왔다. 바다 밑바닥에 널리 퍼진 초록색 빛의 음악. 몰래 그를 흘깃거리던 후아나는 그가 미소 짓는 것을 보았다. 어떤 의미에서 두 사람은 하나의 목적을 지닌 하나의 존재였으므로, 그녀도 그와 함께 미소 지었다.

그렇게 그들은 희망으로 하루를 시작했다.

4

작은 도시가 그 안에서 벌어지는 모든 일을 하나도 놓치지 않고 주시하는 모습은 아주 놀랍다. 도시에 살고 있는 모든 남자와 여자, 어린이와 아기가 이미 알려진 패턴에 따라 움직이면서 그 어떤 장벽도 깨뜨리지 않고 누구와도 다르게 행동하지 않고 그 어떤 실험도 하지 않고 아프지 않고 마음의 평화와 편안함 또는 끊어지지 않고 꾸준히 이어지는 일상의 흐름을 위험에 빠뜨리지 않는다면, 그 개개인이 사라져서 소식이 끊어진다 해도 달라질 것이 없다. 그러나 한 사람이 일반적인 생각이나 이미 널리 알려져서 신뢰받는 패턴에서 벗어나면, 시민들의 신경이 불안감에 징징 울리면서 도시의 신경망을 타고 그 소식이 퍼진다. 그다음에는 모든 개개인이 전체와 소통하게 된다.

그래서 라파스에서도 키노가 그날 진주를 팔 거라는 소식이 아침 일찍부터 온 도시에 퍼졌다. 움집촌의 이웃들도, 진주를 채취하는 어부들도, 중국 식품점 주인들도 그 소식을 알고 있었다. 복사(服事)들이 자기들끼리 소곤거린 덕분에 예배당에도 그 소식이 알려졌다. 수녀들 사이로 소문이 퍼졌다. 예배당 앞의 거지들도 그 이야기를 했다. 그들은 그 행운의 첫 과실에서 십일조를 받을 작정이었다. 어린 사내아이들은 그 소식을 듣고 마음이 들떴다. 진주를 구매하는 상인들도 대부분 그 소식을 알고 있었다. 그들은 각자 자신의 사무실에 검은색 벨벳 쟁반 하나를 놓고 혼자 앉아 있었다. 그들은 각자 손끝으로 진주알들을 굴리며, 이 거래에서 자신이 어떤 역할을 하게 될지 생각했다.

이 진주 매입자들은 각각 따로 활동하는 개인으로 알려져 있었다. 어부들이 가져오는 진주를 놓고 서로 경쟁하며 입찰한다고. 실제로 그랬던 시절이 있기는 했다. 하지만 그 방법은 경제적이지 않았다. 좋은 진주를 보고 들떠서 가격을 부르다 보면, 어부가 지나치게 큰 금액을 가져갈 때가 많기 때문이었다. 이렇게 헤픈 방식을 계속 지지할 수는 없었다. 그래서 이제는 단 한 명의 매입자가 여러 사람을 거느리는 형태가 되었다. 각자의 사무실에 혼자 앉아 키노를 기다리는 사람들은 자신이 어떤 가격을 부를지, 입찰 상한선이 어디인지, 각자 어떤 방법을 쓸지 이미 다 알고 있었다. 비록 그들은 월급 외에 한 푼도 더 벌 수 없겠지만, 그래도 그들 사이에 흥분이 감돌았다. 사냥감을 쫓을 때의 흥분이었다. 가격을 내리는 것이 사람의 역할이라면, 최대한 낮게 가격을 내리는 데서 틀림없이 기쁨과 만족감을 느낄 수 있을 것이다. 세상의 모든 사람은 자신의 능력을 최대한 발휘해서 역할을 수행한다. 속으로 무슨 생각을 하든, 최선을 다하지 않는 사람은 없다. 칭찬의 말이나 승진처럼 잘된 거래의 보상으로 얻을 수 있는 것과는 별개로, 진주 매입자는 진주 매입자였다. 그러니 가장 낮은 가격으로 진주를 사들이는 것이 그들에게는 가장 행복하고 가장 좋은 일이었다.

그날 아침 태양은 노랗고 뜨거웠다. 후미와 만에서 이끌려온 습기가 허공에 은은히 빛나는 스카프처럼 늘어졌기 때문에 공기가 진동하고 시야가 흐릿했다. 도시 북쪽의 허공에는 200마일 넘게 떨어진 산의 모습이 떠 있었다. 소나무 숲이 이 산의 높은 능선을 폭 감싸고, 수목 한계선 위로 거대한 암반 봉우리가 우뚝 솟아 있었다.

이날 아침에는 카누들도 바닷가에 줄지어 서 있었다. 어부들은 진주를 찾아 잠수에 나서지 않았다. 오늘 아주 많은 일이 일어날 예정이었으니까. 키노가 그 커다란 진주를 팔러 가면 구경할 것이 아주 많을 테니까.

바닷가의 움집촌에서 키노의 이웃들은 아침 식사를 하며 한참 동안 앉아서, 만약 자신이 그 진주를 발견했다면 어떻게 했을지 이야기를 나눴다. 한 남자가 자신은 그것을 로마의 교황님에게 선물했을 것이라고 말했다. 또 다른 남자는 자기 집안사람들의 영혼을 위한 미사 비용을 1,000년 뒤의 것까지 미리 지불했을 것이라고 말했다. 또 다른 남자는 진주를 판 돈을 라파스의 가난한 사람들에게 나눠줬을지도 모르겠다고 생각했다. 또 다른 남자는 진주를 판 돈으로 할 수 있는 온갖 좋은 일, 갖가지 자선 행위, 돈이 있으면 할 수 있는 구호 활동을 생각했다. 이웃들은 모두 갑작스럽게 생긴 큰돈으로 키노가 변하지 않기를, 그가 부자처럼 변하지 않기를, 그 돈이 탐욕과 증오심과 냉정함이라는 사악한 가지를 그의 몸에 접붙이지 않기를 바랐다. 이웃들은 키노를 좋아했다. 진주가 그를 파괴해버린다면 안타까울 것 같았다. 그들은 이렇게 말했다.

"착한 아내 후아나와 예쁜 아기 코요티토, 그리고 앞으로 태어날 다른 아이들. 만약 진주가 그들 모두를 파괴해버린다면 얼마나 안타깝겠어."

키노와 후아나에게는 이날 아침이 평생 최고의 아침이었다. 이날과 비교할 만한 것은 아기가 태어나던 날밖에 없었다. 이날을 기점으로 앞으로 모든 날이 달라질 것이다. 그래서 그들은 이렇게 말할 것이다.

"우리가 그 진주를 팔기 2년 전에……."

"우리가 그 진주를 팔고 6주 뒤에……."

후아나는 오늘의 일을 곰곰이 생각해본 뒤 조심성을 바람에 날려 보내고, 코요티토에게 세례식을 위해 준비했던 옷을 입혔다. 오늘 생길 돈을 세례식 때 쓰면 되니까. 후아나는 머리를 빗어 양 갈래로 땋고, 빨간 리본으로 끝을 묶었다. 그리고 결혼 예복으로 쓰려던 치마와 블라우스를 입었다. 태양의 높이가 4분의 1 지점에 도달했을 때 그들은 준비를 마쳤다. 키노의 해진 하얀색 옷은 최소한 깨끗하기는 했다. 그가 이런 누더기를 입는 것은 오늘이 마지막이었다. 내일이면, 아니 어쩌면 오늘 오후에 새 옷이 생길 터였다.

이웃들은 각자 자기 집의 벽 틈새로 키노의 집 문을 지켜보며 역시 외출 준비를 했다. 진주를 팔러 가는 키노와 후아나를 따라 그들이 함께 가는 것은 전혀 어색한 일이 아니었다. 그건 충분히 예상할 수 있는 일이었고, 오늘은 역사적인 날이었다. 따라가지 않는 것이 미친 짓이었다. 자칫하면 키노에게 좋은 감정이 없는 것처럼 보일 우려가 있었다.

후아나는 머리에 공들여 숄을 쓰고, 한쪽 끝을 오른쪽 팔꿈치 아래로 빼서 오른손으로 잡아 숄이 팔 아래로 해먹처럼 늘어지게 했다. 그리고 이 해먹에 코요티토를 태운 뒤 아기의 몸을 받쳐 아기가 주변을 모두 볼 수 있게 했다. 어쩌면 아기가 오늘을 기억할지도 모르는 일이었다. 키노는 커다란 밀짚모자를 쓰고 모자가 제대로 놓였는지, 그러니까 성급하고 결혼도 안 하고 무책임한 남자처럼 모자의 뒷면이나 옆면이 앞으로 오게 쓰지 않았는지, 노인처럼 모자를 납작하게 쓰지 않았는지 손으로 만져보았다. 그는 당당하고 진지하고 기운차게 보이려고 모자를 조금 앞으로 기울였다. 남자가 모자를 어떻게 기울이는가에 따라 많은 것이 달라진다. 키노는 샌들에 발을 끼워 넣고 끈을 묶었다. 커다란 진주는 오래되고 부드러운 사슴 가죽으로 싸서 작은 가죽 가방에 넣은 뒤, 그 가방을 셔츠 주머니에 넣었다. 그러고는 담요를 정성껏 가늘게 접어서 왼쪽 어깨에 걸쳤다. 이제 모든 준비가 끝났다.

키노는 당당하게 집 밖으로 나섰다. 후아나가 코요티토를 안고 그 뒤를 따랐다. 바다로 흘러가는 민물에 씻긴 골목을 걸어 시내로 향하는 두 사람에게 이웃들이 합류했다. 집들이 트림하듯 사람을 뱉어냈다. 문간이 아이들을 토해냈다. 하지만 워낙 중대한 일이다 보니, 키노와 나란히 걷는 사람은 남자 한 명뿐이었다. 그의 형 후안 토마스.

후안 토마스가 충고했다.

"놈들한테 속지 않게 조심해야 해."

"아주 조심해야지."

키노가 맞장구쳤다.

"다른 데서는 가격이 어떤지 우리가 모르잖아. 진주를 매입한 사람이 다른 데서 그 진주 값으로 얼마를 받을지 모르는데, 공정한 가격이 얼마인지 우리가 어떻게 알겠어?"

후안 토마스가 말했다.

"맞는 말이야. 하지만 알 길이 없잖아. 우리는 다른 데가 아니라 여기 사는데."

키노가 말했다.

그들이 시내를 향해 걸어가는 동안 뒤를 따라오는 군중이 점점 늘어났다. 후안 토마스는 오로지 불안감 때문에 계속 입을 놀렸다.

"네가 태어나기 전에 말이야, 키노, 어른들이 더 높은 값에 진주를 팔 방법을 생각해냈어. 대리인을 하나 두고 그 사람이 진주를 전부 모아 수도로 가져가서 판 다음에 수수료를 떼어가게 하면 좋겠다고 생각했지."

키노는 고개를 끄덕였다.

"나도 알아. 좋은 생각이었어."

"그래서 그런 사람을 구했어. 그리고 진주를 전부 모아서 그 사람에게 주고 도시로 보냈지. 그 뒤로 그 사람은 영영 소식이 없었고 진주도 사라졌어. 그래서 어른들이 또 다른 사람을 구해서 보냈는데, 그 사람 역시 영영 소식이 없었어. 결국 어른들은 그 계획을 모두 포기하고 옛날 방식으로 돌아갔지."

후안 토마스가 말했다.

"나도 알아. 우리 신부님이 그 얘기를 하는 걸 들었어. 좋은 생각이긴 했는데, 종교에 어긋나는 일이라고 신부님이 아주 분명히 말했거든. 진주를 잃어버린 건 자기 분수를 벗어나려던 사람들에게 내린 벌이었고. 신부님은 남자든 여자든 모두 우주라는 성의 일부를 지키라고 하느님이 보내신 군인과 같다고 분명히 말했어. 어떤 사람은 성벽 위에서 성을 지키고, 어떤 사람은 담장의 그림자 속에 깊이 파묻혀 있을 뿐. 그래도 각자 멋대로 돌아다니지 말고 자기 자리를 성실히 지켜야 한대. 안 그러면 지옥의 공격으로 성이 위험해지니까."

"나도 신부님의 그 설교를 들었어. 매년 그 설교를 하잖아."

두 형제는 함께 걸으면서 눈을 조금 가늘게 떴다. 그들과 그들의 조부들과 증조부들이 400년 전 이방인들이 처음 나타나 화약의 힘을 빌려 주장을 펴고 권위를 세웠을 때부터 하던 행동 그대로. 그

400년 동안 키노의 종족이 터득한 방어책은 딱 하나뿐이었다. 눈을 살짝 가늘게 뜨고 입술을 살짝 굳게 다물고 뒤로 물러나는 것. 그들의 이 방어벽은 난공불락이었다. 그들은 그 벽 안에서 온전할 수 있었다.

점점 불어나는 행렬의 분위기는 엄숙했다. 이날의 중요성을 모두 감지한 탓이었다. 아이들이 혹시 서로 싸우거나, 소리를 지르거나, 모자를 훔치고 머리카락을 헝클어뜨릴 기미를 보이기만 하면, 어른들이 쉿 하는 소리를 내며 아이들을 조용하게 만들었다. 오늘이 워낙 중요했기 때문에 노인 한 명도 조카의 튼튼한 어깨에 올라타고 구경하러 나왔다. 행렬은 움집촌을 벗어나 돌과 회벽 건물의 시내로 들어섰다. 길이 조금 넓어지고, 건물 옆에는 좁은 인도도 있었다. 이전과 마찬가지로 거지들이 예배당 앞을 지나가는 행렬에 합류했다. 식품점 상인들은 안에서 행렬을 내다보았다. 작은 술집에 손님이 들어오지 않자, 주인들은 가게를 닫고 행렬을 따라갔다. 햇볕이 도시의 거리를 쨍쨍 내리쬐자 아주 자그마한 돌멩이조차 바닥에 그림자를 드리웠다.

행렬이 다가온다는 소식이 앞서 달려나갔다. 진주 매입자들은 각자 작고 어두운 사무실에서 몸을 굳히며 긴장했다. 키노가 나타났을 때 일을 시작할 수 있게 서류를 미리 꺼내놓고, 자기들이 갖고 있던 진주는 책상 안에 넣었다. 아름다운 물건 옆에 질이 떨어지는 진주를 두는 것은 좋지 않다. 키노가 발견한 진주가 얼마나 아름다운지 매입자들에게도 그 소식이 들려왔다. 그들의 사무실은 좁은 거리 한곳에 모여 있었는데, 창문에 달린 나무 창살이 햇빛을 방해하는 바람에 부드럽고 어둑한 빛만 사무실로 들어왔다.

뚱뚱하고 행동이 느린 남자가 사무실에 앉아 기다리고 있었다. 너그러운 아버지 같은 얼굴에서 눈이 상냥하게 반짝였다. 그는 아침 인사를 크게 건네고, 예의 바르게 악수를 하고, 세상의 모든 농담을 아는 유쾌한 사람이었다. 그런데도 슬픔에 가까운 기운이 어른거리는 것은 그가 한참 웃는 와중에도 상대방의 친척 아주머니가 돌아가셨음을 기억해내고 눈물을 글썽일 수 있는 사람이기 때문이었다. 오늘 아침 그는 책상 위의 꽃병에 꽃 한 송이를 꽂았다. 진홍색 히비스커스 한 송이. 그 꽃병이 그의 앞에 놓인 검은 벨벳 진주 쟁반과 나란히 있었다. 얼굴은 파르스름한 수염 자국만 남게 면도했고, 손은 깨끗이 씻고, 손톱도 윤기 나게 다듬었다. 그는 사무실 문을 아침 풍경을 향해 열어둔 채 작은 소리로 콧노래를 부르며 오른손으로 속임수를 연습했다. 손마디 위로 동전 하나를 굴려 동전이 사라졌다 나타나게 만들고, 빙글빙글 돌면서 반짝반짝 빛나게 만드는 속임수였다. 동전이 번쩍 나타났다가 또 번쩍 사라졌다. 남자는 자신의 이런 솜씨를 열심히 지켜보지도 않았다. 손가락을 기계적으로 정확하게 움직이면서 혼자 콧노래를 부르며 밖을 바라보았다. 그때 군중이 쿵쿵 다가오는 발소리가 들렸다. 그의 오른손 손가락이 점점 더 빠르게 움직이더니, 키노의 몸이 문간을 가득 채우는 순간 동전이 번쩍 하고 사라졌다.

"안녕하시오, 친구."

뚱뚱한 남자가 말했다.

"무슨 일로 오셨소?"

키노는 어둑한 사무실 안을 빤히 바라보았다. 바깥의 눈부신 빛 때문에 눈을 가늘게 뜨고 있었다. 매입자의 눈은 매의 눈만큼이나 안정적이고 잔혹하게 변해서 깜박이지도 않았다. 반면 얼굴의 다른 부위는 웃음을 지으며 손님에게 인사를 건넸다. 책상 아래에서 그의 오른손이 동전을 쥐고 비밀스럽게 연습을 계속했다.

"진주가 있어요."

키노가 말했다. 후안 토마스가 그의 옆에 서서, 사실을 너무나 간단히 표현한 말에 살짝 코웃음을 쳤다. 이웃들이 문간 너머로 이쪽을 들여다보고, 어린 사내아이들이 창문의 창살에 줄줄이 기어올라서 안을 들여다보았다. 키노의 다리 옆에서 네 발로 엎드려 이 상황을 구경하는 사내아이도 여러 명 있었다.

"진주가 있다고요. 한 사람이 10여 개를 가져올 때도 있죠. 자, 한 번 봅시다. 우리가 감정해보고 값을 최고로 쳐줄 테니."

매입자가 말했다.

동전을 쥔 그의 손가락이 미친 듯이 움직였다.

키노는 극적인 효과를 연출해야 한다는 것을 본능적으로 깨달았다. 그래서 가죽 가방을 천천히 꺼내, 그 안에서 부드럽지만 더러운 사슴 가죽을 꺼낸 뒤 그 커다란 진주를 검은색 벨벳 쟁반으로 굴렸다. 그러고는 곧장 매입자의 얼굴을 보았다. 하지만 어떤 징후도, 움직임도 없었다. 매입자의 얼굴은 전혀 달라지지 않았다. 하지만 책상 아래에서 비밀리에 움직이던 손이 정확한 동작을 놓쳤다. 동전이 손마디에서 무릎으로 소리 없이 굴러떨어졌다. 그리고 책상 아래에서 손가락이 구부러져 주먹이 되었다. 그는 이렇게 숨어 있던 오른손을 들어 올려, 집게손가락으로 커다란 진주를 건드리며 검은 벨벳 위에서 굴려보았다. 엄지와 검지로 그것을 들어 올려 눈앞으로 가까이 가져가서 빙빙 돌려보았다.

키노는 숨을 죽였다. 이웃들도 숨을 죽였다. 속삭이는 소리가 뒤로 퍼져나갔다.

"지금 살펴보는 중이야…… 아직 가격은 나오지 않았어…… 아직 합의된 가격이 없어."

이제는 매입자의 손이 하나의 인물이 되었다. 그 손이 커다란 진주를 다시 쟁반에 툭 내려놓았다. 집게손가락이 그것을 쿡쿡 찌르며 모욕했다. 매입자의 얼굴에 슬픔과 경멸이 섞인 미소가 떠올랐다.

"유감이오, 친구."

그는 이렇게 말하면서 어깨를 살짝 올렸다. 이 안타까운 일이 자신의 잘못이 아니라는 뜻이었다.

"그건 아주 가치 있는 진주예요."

키노가 말했다.

매입자의 손가락이 진주를 튕기자 진주가 벨벳 쟁반 안에서 이리저리 가볍게 튀었다.

"빛 좋은 개살구라는 말을 들어봤을 거요."

매입자가 말했다.

"이 진주가 그런 거예요. 너무 커. 이걸 누가 사겠소? 이런 물건에는 시장이 형성되지 않아요. 그냥 신기한 물건일 뿐이지. 유감이오. 당신은 가치 있는 물건인 줄 알았겠지만 이건 그냥 신기한 물건이야."

이제 키노는 당혹스럽고 걱정스러운 표정이었다.

"그건 세계 최고의 진주예요."

그가 소리쳤다.

"누구도 본 적이 없는 진주라고요."

"그렇지 않아요. 크고 투박해. 신기한 물건으로서는 이점이 있지. 박물관 같은 데서 조개 전시관에 놓아둘지도 모르겠소. 내가 줄 수 있는 가격은, 글쎄, 1,000페소요."

키노의 표정이 점점 어둡고 무서워졌다.

"5만은 나가는 물건이야. 당신도 알잖소. 날 속이려는 거야."

매입자는 자신이 말한 가격을 듣고 군중 사이로 불평이 번지는 것을 들었다. 조금 무서워졌다.

"날 탓하지 마시오."

그가 재빨리 말했다.

"난 감정인일 뿐이니까. 다른 사람들한테 물어봐요. 그 사람들 사무실로 가서 진주를 보여주라고. 아니, 그들을 불러오는 편이 더 좋겠군. 그러면 우리가 공모한 게 아니라는 걸 당신도 알 수 있을 테니. 얘야."

그가 소리치자 그의 하인이 뒷문에서 고개를 내밀었다.

"얘야, 이런 사람, 저런 사람, 그리고 또 저런 사람한테 가서 이리로 오시라고 해라. 이유는 말하지 말고. 그냥 내가 좀 만나잔다고 말해."

그의 오른손이 책상 아래로 내려가 주머니에서 다른 동전을 꺼냈다. 동전이 그의 손마디를 타고 구르기 시작했다.

키노의 이웃들이 수군거렸다. 이런 일이 있지 않을까 싶더라니. 진주가 크기는 한데 색이 기묘해. 처음부터 이렇지 않을까 의심했어. 게다가 1,000페소를 그냥 팽개치는 것도 좀 그래. 부자가 아닌 사람에게는 그 돈도 상대적으로 큰 금액이었다. 키노가 1,000페소를 받는다고 생각해보라. 어제만 해도 그는 빈털터리였다.

하지만 키노는 더욱 딱딱하게 긴장하고 있었다. 슬금슬금 다가오는 운명, 주위를 빙빙 도는 늑대들, 공중에서 빙빙 도는 육식조들이 느껴졌다. 자신을 중심으로 악이 하나로 모이는 것 같은데, 자신을 지킬 방법이 없었다. 그의 귓가에 악한 음악이 들렸다. 검은 벨벳 위에서는 커다란 진주가 반짝이고, 매입자는 거기서 눈을 떼지 못했다.

문간의 군중이 동요하며 갈라져서, 진주 매입자 세 명을 통과시켰다. 이제 군중은 한 마디라도 놓칠세라, 어떤 몸짓이나 표정을 보지 못할세라, 침묵을 지키고 있었다. 키노도 침묵하며 신경을 곤두세웠다. 등을 누가 가볍게 잡아당기는 것이 느껴져서 뒤를 돌아보니 후아나와 바로 눈이 마주쳤다. 그는 새로운 힘을 얻어 다시 앞으로 시선을 돌렸다.

매입자들은 서로에게도 진주에도 눈길을 주지 않았다. 책상에 앉은 남자가 말했다.

"내가 이 진주에 값을 매겼소. 여기 진주 주인은 그 값이 공정하지 않다고 하더군. 당신들이 한번 조사해보시오. 이걸 조사해보고 가격을 말해봐요."

그는 키노를 향해 말을 이었다.

"내가 매긴 값을 이 사람들에게 말하지 않은 걸 잊지 마시오."

체격이 좋고 냉담해 보이는 첫 번째 매입자는 이제야 비로소 진주를 본 듯이 굴었다. 그는 진주를 들어 엄지와 검지로 재빨리 굴려본 뒤, 하찮다는 표정으로 쟁반에 던지듯 내려놓았다.

"이 일에 나는 끼워 넣지 마시오."

그가 건조하게 말했다.

"난 값을 부르지 않겠소. 이 진주를 사고 싶지 않아요. 이건 진주가 아니오. 기괴한 물건이지."

그의 얄팍한 입술이 둥글게 휘어졌다.

덩치가 작고 수줍음이 많은 듯 작은 목소리를 내는 두 번째 매입자가 진주를 들어 꼼꼼히 살펴보았다. 주머니에서 확대경을 꺼내 진주를 조사한 그가 가볍게 웃음을 터뜨렸다.

"재료를 반죽해서 만들어도 이것보다는 낫겠군. 이런 건 내가 잘 알아요. 무른 분필 같은 느낌이지. 몇 달 만에 색채를 잃고 죽어버릴 거요. 봐요……."

그가 확대경을 키노에게 내밀며 사용법을 가르쳐주었다. 진주의 표면을 확대해서 본 적이 한 번도 없는 키노는 표면이 이상하게 보이는 것에 충격을 받았다.

세 번째 매입자가 키노의 손에서 진주를 가져갔다.

"내 고객 중에 이런 걸 좋아하는 사람이 있어요. 나는 500페소를 부르겠소. 내 고객에게 600에 팔 수 있을지도 모르니까."

키노는 재빨리 손을 뻗어 그의 손에서 진주를 채듯이 가져왔다. 그리고 사슴 가죽으로 싸서 셔츠 속에 넣었다.

책상에 앉은 남자가 말했다.

"내가 바보지. 나도 아는데, 아까 부른 가격을 그대로 유지하겠소. 계속 1,000을 부를 거야. 뭘 하는 거요?"

그는 키노가 진주를 옷 속에 감추는 것을 보고 이렇게 물었다.

"날 속이려고."

키노가 사납게 소리쳤다.

"여기서는 내 진주를 안 팔아. 갈 거야. 필요하면 수도까지라도."

그러자 매입자들이 재빨리 서로를 힐끔거렸다. 자신들이 너무 밀어붙였음을 깨달았다. 이 일에 실패하면 혼날 것도 깨달았다. 책상에 앉은 남자가 재빨리 말했다.

"내가 1,500을 줄 수도 있어요."

하지만 키노는 사람들을 밀치며 멀어지고 있었다. 사람들의 말소리가 희미하게 들리고, 분노 때문에 귓가에서 핏줄이 펄떡거렸다. 그는 사람들을 뚫고 가버렸다. 후아나도 종종걸음으로 그 뒤를 따랐다.

저녁이 되었을 때, 움집촌의 이웃들은 집에 앉아 옥수수빵과 콩으로 식사하며 그날 아침의 큰일에 관해 이야기했다. 잘은 모르겠지만, 우리 눈에는 훌륭한 진주 같았는데. 하기야 전에 그런 진주를 본 적이 없으니. 아무래도 매입자들이 진주의 가치에 대해서는 우리보다 더 잘 알겠지.

"중요한 건 이거야. 그 매입자들이 서로 의논하지 않았다는 것. 세 명이 각각 진주에 가치가 없다고 말했어."

"하지만 그 사람들이 미리 짠 거라면?"

"그렇다면, 우리 모두가 평생 속아 살아온 거겠지."

어떤 사람들은 이렇게 주장했다. 어쩌면, 어쩌면 키노가 1,500페소를 받아들이는 편이 더 나았을 거라고. 그건 큰돈이잖아. 키노가 구경조차 못 해본 돈. 어쩌면 키노가 고집쟁이 바보인지도 모르지. 정말로 수도까지 갔는데 진주를 사겠다는 사람이 없으면 어쩔 거야. 거기서 절대 회복하지 못할걸.

다른 사람들도 겁을 내며 말했다. 키노가 그 사람들한테 대들었으니, 그 사람들이 키노를 상대하려 하지 않을 거야. 키노가 스스로 제 목을 잘라 자멸해버린 건지도 몰라.

또 다른 사람들은 이렇게 말했다. 키노는 용감한 남자야. 사나운 남자이기도 하고. 키노가 옳아. 그 용기가 우리 모두에게 이득을 안겨줄지도 몰라. 이 사람들은 키노를 자랑스러워했다.

키노는 자기 집에서 잠자리 깔개에 앉아 생각에 잠겼다. 진주는 집 안의 불구덩이 돌바닥 아래에 묻어놓고, 골풀로 짠 잠자리 깔개를 빤히 바라보았다. 나중에는 골풀이 서로 엮여 있는 모양이 머릿속에서 춤을 출 지경이었다. 그는 하나의 세상을 잃었으나, 아직 다른 세상을 얻지 못했다. 그래서 겁이 났다. 평생 고향을 떠나 멀리 간 적이 없었다. 낯선 사람과 낯선 장소가 무서웠다. 수도라고 불리는 낯선 괴물이 무서워 견딜 수가 없었다. 수도는 산을 넘고 물을 건너 1,000마일이나 떨어진 곳에 있었다. 낯선 길을 걸어야 하는 한 걸음, 한 걸음이 모두 무서웠다. 하지만 지금껏 살아온 세상을 잃었으니, 새로운 세상을 오를 수밖에 없었다. 미래를 향한 그의 꿈은 진짜였고, 그것이 파괴되는 일만은 반드시 막아야 했으므로. 게다가 그가 가겠다고 말했으니, 그 말 또한 진짜가 되었다. 가기로 결심하고 그 말을 입 밖에 낸 것만으로도 이미 수도까지 절반은 간 셈이었다.

그가 진주를 묻는 동안 후아나는 그를 지켜보았다. 코요티토를 씻기고 젖을 먹이는 동안에도 그를 지켜보았다. 그러고 나서 그녀는 저녁 식사로 먹을 옥수수빵을 만들었다.

후안 토마스가 들어와 키노 옆에 쪼그리고 앉아서 한참 동안 침묵을 지켰다. 결국 키노가 다그치듯 물었다.

"내게 다른 방법이 있었어? 놈들은 사기꾼이야."

후안 토마스가 심각한 표정으로 고개를 끄덕였다. 그가 형이었으므로, 키노는 그에게 지혜를 구했다.

"쉽게 알 수 있는 일은 아니지. 우리가 날 때부터 속아 살다가 나중에는 관값으로도 바가지를 쓴다는 건 알아. 그래도 우리는 살아갈 수 있어. 너는 아까 진주 매입자들이 아니라, 이 사회의 구조 전체에, 생활 방식 전체에 반기를 든 거야. 그래서 네가 걱정스러워."

"내가 굶주리는 것 말고 무서워할 게 또 있어?"

키노가 물었다.

후안 토마스는 천천히 고개를 저었다.

"그건 우리 모두가 무서워해야지. 하지만 네가 옳다 치자. 네 진주의 가치가 네 생각처럼 아주 크다면, 그걸로 모든 일이 해결될 것 같아?"

"무슨 뜻이야?"

"나도 몰라. 하지만 네가 걱정스러워. 넌 지금 낯선 땅에 발을 들여놓았으니 길을 모르잖아."

"난 갈 거야. 곧 갈 거야."

키노가 말했다.

"그래."

후안 토마스가 동의했다.

"꼭 가야지. 하지만 과연 수도라고 사정이 다를지 모르겠다. 여기에는 친구도 있고, 네 형인 나도 있지. 그런데 거기에는 너한테 아무도 없어."

"나더러 어쩌라고?"

키노가 소리쳤다.

"여기에는 나쁜 짓이 깊이 박혀 있어. 내 아들에게 반드시 기회를 만들어줄 거야. 놈들이 때리려는 게 바로 그거야. 내 친구들이 날 지켜줄 거야."

"그 친구들 자신이 위험해지거나 불편해지지 않아야만 그렇겠지."

후안 토마스는 이렇게 말하고 나서 일어서며 말을 이었다.

"하느님이 함께하시길."

키노도 말했다.

"하느님이 함께하시길."

그는 고개조차 들지 않았다. 이 말이 묘하게 섬뜩해서.

후안 토마스가 가고 나서 한참 뒤에도 키노는 여전히 잠자리 깔개에 앉아 생각에 잠겨 있었다. 무력감이 그를 감쌌다. 우울한 절망감도 있었다. 모든 길이 막혀 있는 것 같았다. 머릿속에서 들리는 음악은 적의 어두운 음악뿐이었다. 그의 감각들은 활활 타오르듯이 살아 있었지만, 그의 머리는 모든 것에 깊이 몰두하는 상태로 돌아가 있었다. 그가 일족에게서 얻은 재능이었다. 점점 깊어지는 밤의 소리가 아주 작은 것까지 모두 들렸다. 잠자리를 마련하며 졸음에 겨워 투덜거리는 새들의 소리, 사랑을 위해 투쟁하는 고양이 소리, 해변에 부딪혔다 멀어지는 파도 소리, 멀리서 쉿쉿 들려오는 소리. 파도가 밀려가면서 드러난 해초의 강렬한 냄새도 느껴졌다. 잔가지로 피운 모닥불의 작은 불꽃에 잠자리 깔개의 무늬가 깊은 생각에 잠긴 그의 눈앞에서 펄쩍펄쩍 움직였다.

후아나는 걱정스럽게 그를 지켜보았지만, 그가 어떤 사람인지 알기 때문에 가까운 곳에 조용히 있어주는 것이 그에게 가장 도움이 된다는 것도 알고 있었다. 마치 키노와 마찬가지로 악마의 노래가 들리기라도 하는 것처럼 후아나는 가족의 멜로디, 가족의 안전과

온기와 온전함을 말하는 멜로디를 작게 부르며 그 노래에 맞서 싸웠다. 품에 코요티토를 안고, 사악한 것을 몰아내기 위해 노래를 불러주었다. 암울한 음악의 위협 앞에서 그녀의 목소리가 용감했다.

키노는 움직이지도 않고 저녁 식사를 요구하지도 않았다. 저녁 식사 생각이 나면 말할 것이다. 그의 눈은 뭔가에 홀린 듯했다. 움집 밖에서 주의 깊게 지켜보는 사악한 기운이 느껴졌다. 자신이 밖으로 나오기를 기다리며 슬금슬금 다가오는 어두운 것들이 느껴졌다. 그림자처럼 어둡고 무서운 그 사악한 기운이 그를 부르고, 위협하고, 을러댔다. 그의 오른손이 셔츠 안으로 들어가 칼을 만졌다. 눈은 크게 뜨여 있었다. 그는 일어서서 문간으로 걸어갔다.

후아나는 그가 멈추기를 강렬히 바랐다. 그를 막으려고 손을 들어 올리고, 두려운 마음에 입을 열었다. 길게만 느껴지는 한순간 동안 키노는 어둠 속을 내다보다가 밖으로 발을 내디뎠다. 조금 서두르는 소리, 몸싸움 소리, 주먹질 소리가 들리자, 후아나는 순간적으로 두려움에 얼어붙었다. 그러나 곧 그녀의 입술이 고양이의 입술처럼 길게 벌어지며 이가 드러났다. 후아나는 코요티토를 바닥에 내려놓고, 불구덩이에서 돌멩이를 하나 집어든 다음 밖으로 뛰어나갔다. 하지만 이미 상황이 끝난 뒤였다. 키노는 땅바닥에 쓰러져 일어나려고 애쓰고 있었고, 근처에는 아무도 없었다. 그림자와 철썩

거리는 파도 소리와 멀리서 들려오는 쉿쉿 소리뿐이었다. 하지만 악마가 사방에 있었다. 잡목 울타리 뒤에 숨어서, 집 옆의 그림자 속에 웅크린 채, 허공에 둥둥 떠서.

후아나는 돌멩이를 떨어뜨리고 키노를 양팔로 끌어안듯 부축해 일으켜 세워서 집 안으로 데리고 들어왔다. 키노의 두피에서 피가 새어나오고, 뺨에도 귀에서 턱까지 길고 깊게 베인 상처가 있었다. 사선 모양의 깊은 상처에서 피가 흘렀다. 키노의 의식도 가물가물했다. 그는 고개를 좌우로 흔들었다. 셔츠가 찢어지고, 옷이 반쯤 벗겨진 상태였다. 후아나는 그를 잠자리 깔개에 앉히고, 조금씩 굳어 가는 핏줄기를 치맛자락으로 닦아냈다. 그리고 작은 물병에 풀케를 담아서 가져왔다. 그래도 키노는 어두운 시야를 밝히려고 계속 고개를 좌우로 흔들었다.

"누구였어?"

후아나가 물었다.

"몰라. 못 봤어."

후아나는 질그릇에 물을 담아 와서 얼굴의 베인 상처를 씻어주었다. 그동안 키노는 멍하니 앞만 바라보았다.

"키노, 내 남편."

후아나가 소리쳤지만, 키노의 눈은 그녀의 뒤편만 바라보았다.

90

"키노, 내 말 들려?"

"들려."

키노가 멍하니 말했다.

"키노, 그 진주는 사악해. 그것이 우리를 망가뜨리기 전에 우리가 그걸 망가뜨리자. 돌멩이 두 개 사이에 넣고 부숴버리자. 그걸…… 그 진주를 원래 있어야 할 자리인 바다에 다시 던지자. 키노, 그건 사악한 물건이야, 사악해!"

후아나가 이 말을 하는 동안 키노의 눈에 빛이 돌아와서 눈이 사납게 빛났다. 그의 근육에 힘이 들어가고, 그의 의지도 단단해졌다.

"아니."

그가 말했다.

"난 그 물건과 싸울 거야. 싸워서 이길 거야. 그러면 우리한테도 기회가 생길 거야."

그는 주먹으로 잠자리 깔개를 두드렸다.

"누구도 우리한테서 행운을 빼앗아가지 못해."

이 말을 한 뒤 그는 눈빛을 누그러뜨리며, 한 손을 후아나의 어깨에 부드럽게 올려놓았다.

"날 믿어. 난 남자야."

그의 얼굴이 점점 교활한 표정으로 변했다.

"아침에 카누를 타고 바다로 나가자. 산을 지나 수도로 가는 거야. 당신이랑 내가. 우리는 속임수에 넘어가지 않아. 난 남자야."

"키노."

후아나가 갈라진 목소리로 말했다.

"난 무서워. 남자도 죽임을 당할 수 있어. 진주를 바다에 다시 던지자."

"쉿."

키노가 사납게 말했다.

"난 남자야. 쉿."

후아나는 입을 다물었다. 그의 목소리가 곧 명령이었기 때문에.

"눈을 좀 붙이자."

그가 말했다.

"동이 트는 대로 출발할 거야. 나랑 같이 가는 게 무섭지는 않지?"

"응, 내 남편."

그러자 그가 부드럽고 따스한 눈빛으로 그녀를 보았다. 그의 손이 그녀의 뺨을 어루만졌다.

"눈을 좀 붙이자."

그가 말했다.

5

첫 번째 닭 울음소리가 들리기 전 뒤늦게 달이 떠올랐다. 키노는 어둠 속에서 눈을 떴다. 근처에서 움직임이 느껴진 탓이었지만, 그는 움직이지 않았다. 눈으로만 어둠을 훑다 보니, 움집의 여러 구멍으로 들어온 희미한 달빛에 후아나가 옆에서 조용히 일어나는 모습이 보였다. 그는 그녀가 불구덩이로 가는 것을 보았다. 후아나가 어찌나 조심스럽게 움직였는지, 불구덩이의 돌을 움직이는데도 키노의 귀에는 아주 작은 소리밖에 들리지 않았다. 그러고 나서 후아나는 그림자처럼 문을 향해 미끄러지듯 움직였다. 도중에 코요티토가 누워 있는 상자 옆에 잠시 서 있다가, 문간에 검은 형체로 또 1초 동안 서 있다가 그대로 사라졌다.

키노의 마음속에서 분노가 솟았다. 그는 일어나서 후아나처럼 조용히 그녀의 뒤를 쫓았다. 해안으로 바삐 움직이는 그녀의 발소리가 들렸다. 키노는 조용히 그녀를 미행했다. 그의 뇌는 분노로 시뻘겋게 변해 있었다. 후아나는 잡목 숲을 빠져나와 작고 둥근 바위들을 비틀비틀 넘어서 바다로 향했다. 그러다 그가 다가오는 소리를 듣고는 뛰기 시작했다. 그녀가 뭔가를 던지려고 팔을 들어 올린 순간 그는 그녀에게 달려들어 팔을 잡고 진주를 억지로 빼앗았다. 그가 단단히 말아 쥔 주먹으로 그녀의 얼굴을 때리자 그녀는 바위들 사이로 쓰러졌다. 그는 그녀의 옆구리에 발길질을 했다. 연한 빛 속에서 작은 파도가 후아나의 몸을 씻고 지나가는 것이 보였다. 그녀의 치맛자락이 물 위에 둥둥 떠올랐다가, 파도가 물러나자 다리에 찰싹 달라붙었다.

키노는 그녀를 내려다보며 이를 드러냈다. 그녀를 향해 뱀처럼 쉿쉿 소리를 냈다. 후아나는 무서운 기색 없이 눈을 크게 뜨고 그를 빤히 보았다. 백정 앞의 양 같았다. 그가 살기를 띠고 있음을 그녀는 알았다. 그건 괜찮았다. 그건 이미 받아들였다. 그러니 저항하지 않을 것이다. 심지어 이의를 제기하지도 않을 것이다. 그러나 곧 그에게서 분노가 사라지고, 역겨운 혐오가 그 자리를 차지했다. 그는 그녀를 외면하고 해변을 걸어 잡목 숲으로 들어갔다. 감정 때문에 감

각이 무뎌져 있었다.

뭔가가 급히 움직이는 소리에 그는 칼을 꺼내 들고 검은 형체를 향해 달려들었다. 칼이 명중한 것이 느껴졌지만, 그는 뭔가에 맞아 무릎으로, 다시 맞아 바닥으로 쓰러졌다. 탐욕스러운 손가락이 그의 옷 속으로 들어왔다. 광기에 물든 형체들이 그의 몸을 수색하고 있었다. 그의 손에서 떨어진 진주는 오솔길의 작은 바위 뒤에서 부드러운 달빛을 받아 반짝였다.

후아나는 물가의 바위에서 억지로 몸을 일으켰다. 얼굴과 옆구리가 욱신거렸다. 그녀는 무릎으로 서서 한동안 중심을 잡았다. 젖은 치마가 몸에 달라붙었다. 키노에게 화가 나지는 않았다. 그는 아까 "나는 남자야"라고 말했다. 이 말은 후아나에게 모종의 의미가 있었다. 그가 반은 제정신이 아니고 반은 신이 되었다는 뜻이었다. 키노가 산을 상대로 용을 쓰고 바다를 상대로 달려들 것이라는 뜻이었다. 후아나가 지닌 여자의 영혼은 남자가 스스로를 망가뜨리는 동안 산은 제자리에 굳건히 서 있을 것을 알았다. 남자가 바다에 빠져 죽어가는 동안 바다가 솟아오를 것을 알았다. 그래도 이런 것이 그를 남자로 만들어주었다. 반은 제정신이 아니고 반은 신이 된 남자. 후아나에게는 남자가 필요했다. 남자 없이는 살 수 없었다. 남자와 여자 사이의 이런 차이점이 당황스러울지는 몰라도. 그녀는 어쨌든 그런 차이점을 알고 받아들였다. 그런 차이점이 필요했다. 그녀는 당연히 그를 따라갈 것이다. 거기에는 의문의 여지가 없었다. 가끔은 여자의 특징, 즉 이성, 신중함, 뭔가를 보호하려는 의식이 키노의 남자다운 행동을 뚫고 들어가 그들 모두를 구해주었다. 후아나는 고통스럽게 일어서서, 손을 오목하게 오므려 소금기 때문에 따끔거리는 바닷물로 다친 얼굴을 씻었다. 그러고는 키노가 간 길을 따라 느릿느릿 움직였다.

남쪽에서 온 구름이 떠 있었다. 창백한 달이 구름에 가려졌다가 다시 나오기를 반복했기 때문에, 후아나도 걸으면서 어둠과 빛 속을 드나들었다. 통증 때문에 허리를 굽히고, 고개도 수그린 자세였다. 후아나가 잡목 숲으로 들어온 것은 달이 구름에 가려졌을 때였다. 곧 달이 다시 나오자 그녀는 오솔길 바위 뒤에서 은은히 빛나는 커다란 진주를 보았다. 그녀가 무릎으로 털썩 주저앉아 진주를 주운 뒤 달이 다시 구름 속으로 들어갔다. 후아나는 계속 무릎으로 서서 다시 바다로 돌아가 원래 생각대로 진주를 던져야 할지 고민했다. 그동안 다시 달이 모습을 드러내자, 오솔길 앞쪽에 검은 형체 두 개가 누워 있는 것이 보였다. 후아나가 벌떡 일어나 달려가 보니, 한 사람은 키노이고 다른 한 사람은 모르는 이였다. 그의 목에서 반짝이는 검은 액체가 새어나왔다.

키노는 짜부라진 벌레처럼 팔다리를 버둥거리며 둔하게 움직였다. 그의 입에서 투덜거리는 말이 탁한 목소리로 새어나왔다. 후아나는 그 순간 예전의 삶을 영원히 잃어버렸음을 깨달았다. 길에 죽어 있는 남자와 키노의 칼, 그의 옆에 놓인 검은 칼날이 그녀에게 확신을 주었다. 그동안 내내 후아나는 과거의 평화를, 진주가 나타나기 이전의 삶을 조금이라도 건져내려고 애썼다. 그러나 이것으로 그 시절은 돌이킬 수 없이 사라져버렸다. 이것을 깨달은 후아나는 즉시 과거를 버렸다. 이제 할 일은 그들 스스로를 구하는 것뿐이었다.

그녀가 느끼던 통증이 사라졌다. 굼뜬 움직임도 사라졌다. 그녀는 죽은 남자를 길에서 잡목 숲 안으로 끌고 갔다. 그리고 키노에게 다가가 젖은 치맛자락으로 그의 얼굴을 닦았다. 그는 감각이 점점 되돌아오는지 않는 소리를 냈다.

"놈들이 진주를 가져갔어. 내가 잃어버렸어. 이제 모두 끝이야."

그가 말했다.

"진주가 사라졌어."

후아나는 아픈 아이를 달래듯이 그를 달랬다.

"쉿. 당신 진주는 여기 있어. 내가 길에서 찾았어. 내 말 들려? 당신 진주는 여기 있어. 무슨 말인지 알겠어? 당신 방금 사람을 죽였어. 우리 여길 떠야 해. 사람들이 우릴 잡으러 올 거야. 무슨 말인지 알겠어? 날이 밝기 전에 떠나야 해."

"그쪽이 날 공격했어."

키노가 불안한 목소리로 말했다.

"난 죽지 않으려고 공격한 거야."

"어제 일 기억나?"

후아나가 물었다.

"그런 사실이 중요할 것 같아? 도시 사람들 기억나? 당신 설명이 먹힐 것 같아?"

키노는 깊이 숨을 들이쉬며 어떻게든 기운을 차리려고 애썼다.

"아니."

그가 말했다.

"당신 말이 옳아."

그의 의지가 단단해지며 그는 다시 남자가 되었다.

"우리 집으로 가서 코요티토를 데려와."

그가 말했다.

"집에 있는 옥수도 전부 가져오고. 내가 카누를 물 위로 끌어다 놓을게. 그렇게 함께 떠나는 거야."

그는 칼을 들고 그 자리를 떠났다. 휘청거리며 해변으로 가서 자신의 카누로 다가갔다. 다시 달이 고개를 내밀었을 때, 그는 배 바닥에 커다란 구멍이 나 있는 것을 보았다. 이글이글 끓어오른 분노가 그에게 힘이 되었다. 어둠이 그의 가족을 향해 다가오고 있었다. 악마의 음악이 밤을 가득 채운 채 맹그로브 위에 떠서 파도의 박자에 맞춰 날카롭게 울어댔다. 그의 할아버지가 쓰던 카누, 몇 번이나 회칠을 한 그 카누에 구멍이 뚫려 있었다. 이건 상상을 뛰어넘는 사악한 짓이었다. 사람을 죽인 것도 배를 죽인 것에 비하면 덜 사악했다. 배는 아들을 낳지도 못하고, 자신을 방어하지도 못하고, 다친 상처가 낫지도 않기 때문이다. 키노의 분노에는 슬픔이 섞여 있었지만, 이 사건으로 인해 그는 절대 부서지지 않을 만큼 단단해졌다. 이제 그는 숨어서 공격할 기회를 노리는 짐승이었다. 자신과 가족을 지키는 것만이 삶의 목적이었다. 머리가 아픈 것은 느껴지지도 않았다. 그는 해변을 펄쩍펄쩍 뛰어서 잡목 숲을 통과해 자신의 움집으로 향했다. 이웃의 카누를 타고 갈 생각은 미처 하지도 못했다. 그런 생각은 단 한 번도 그의 머릿속에 떠오르지 않았다. 지금껏 배를 부술 생각을 단 한 번도 하지 못한 것과 같았다.

수탉들이 울어댔다. 여명이 멀지 않았다. 일찍부터 불을 피운 사람들의 집에서 벽 틈새로 연기가 새어나오고, 옥수수빵을 굽는 냄새가 사방에 퍼졌다. 새벽에 움직이는 새들이 벌써 덤불 속에서 부산하게 움직이고 있었다. 희미한 달빛이 점점 흐려지는 동안, 구름은 단단하게 뭉쳐서 남쪽으로 향했다. 새로운 바람이 후미로 불어왔다. 숨결에 폭풍의 냄새를 간직한 불안한 바람이라서 공기가 바뀌면서 불안한 분위기가 퍼졌다.

키노는 서둘러 집으로 향하면서 갑자기 기분이 들떴다. 혼란은 모두 사라졌다. 그가 할 일은 딱 하나뿐이었으니까. 키노는 셔츠 속의 커다란 진주와 칼을 차례로 만졌다.

앞에서 작은 빛이 보이더니, 곧바로 어둠 속에서 높은 불길이 커다란 소리를 내며 펄쩍 솟아올랐다. 불길로 이루어진 높은 기둥이 길을 밝혔다. 키노는 뛰기 시작했다. 틀림없이 자신의 움집이었다. 여기 집들은 순식간에 불에 타서 무너질 수 있었다. 뛰어가는 그를 향해 누군가가 허둥지둥 달려왔다. 코요티토를 품에 안고 키노의 어깨 담요를 손에 꼭 쥔 후아나였다. 아기는 겁이 나서 앓는 소리를 내고, 후아나는 겁에 질려 눈을 휘둥그렇게 떴다. 키노는 집이 사라진 것을 보고, 후아나에게 아무것도 묻지 않았다. 이미 알기 때문이었다. 그래도 그녀는 입을 열었다.

"사방을 헤집고 바닥도 파헤쳤어. 심지어 아기 상자도 뒤집어져 있었어. 그 사람들이 집 바깥쪽에 불을 붙이는 걸 내가 봤어."

사납게 집을 태우는 불길이 키노의 얼굴을 강렬하게 비췄다.

"누구야?"

그가 다그치듯 물었다.

"몰라. 검은 사람들이야."

이웃들이 이제야 집에서 구르듯이 뛰쳐나와 떨어지는 불씨들을 지켜보다가 자기 집에 불이 붙을세라 발로 밟아 꺼뜨렸다. 키노는 갑자기 두려워졌다. 불빛이 그를 두렵게 만들었다. 길 옆의 잡목 숲에 시체로 누워 있는 남자가 생각났다. 키노는 후아나의 팔을 잡고, 불빛이 비치지 않는 그림자 속으로 끌어당겼다. 빛은 그에게 위험이었다. 잠시 생각에 잠긴 그는 그림자 속을 움직여 형 후안 토마스의 집에 이르렀다. 그리고 후아나를 데리고 그 집 문간으로 조용히 들어갔다. 밖에서 아이들의 새된 목소리, 이웃들의 고함 소리가 들렸다. 그의 친구들은 그가 불타는 집 안에 있을지도 모른다고 생각하는 모양이었다.

후안 토마스의 집은 키노의 집과 거의 똑같았다. 거의 모든 움집이 똑같은 모양이라서 빛과 공기가 밖으로 새어나갔다. 그래서 후아나와 키노는 형의 집 구석에 앉아 벽의 틈새를 통해 너울거리는 불길을 볼 수 있었다. 높이 솟은 불길이 맹렬했다. 지붕이 무너지자 불길은 잔가지로 피운 모닥불처럼 금방 사그라들었다. 친구들이 외치는 소리가 들렸다. 후안 토마스의 아내 아폴로니아가 날카롭게 울부짖는 소리도 들렸다. 가장 가까운 여자 친척으로서 아폴로니아는 집안의 죽은 이를 위해 공식적으로 슬픔을 표현했다.

그러다 자신이 가진 것 중에서 두 번째로 좋은 숄을 머리에 쓰고 있음을 깨닫고, 새로 장만한 좋은 숄을 꺼내려고 집으로 달려왔다. 아폴로니아가 벽 앞에서 상자를 뒤지고 있는데, 키노의 조용한 목소리가 들려왔다.

"아폴로니아, 소리 지르지 말아요. 우린 무사해요."

"어떻게 여기까지 왔어요?"

그녀가 다그치듯 물었다.

"질문은 하지 말고, 가서 후안 토마스를 데려와요. 아무한테도 말하면 안 돼요. 아주 중요한 일이에요, 아폴로니아."

그녀는 무력하게 손을 앞으로 모으고 잠시 가만히 있다가 말했다.

"알았어요, 시동생."

곧 후안 토마스가 그녀와 함께 나타났다. 그는 양초에 불을 붙인 뒤, 구석에 웅크리고 있는 키노 가족에게 다가왔다.

"아폴로니아, 문을 잘 지켜. 아무도 안에 들이지 마."

후안 토마스는 형으로서 주도권을 쥐었다.

"그래, 내 동생."

그가 말했다.

"어둠 속에서 누가 날 공격했어. 그래서 싸우다가 내가 사람을 죽였어."

키노가 말했다.

"누군데?"

후안 토마스가 재빨리 물었다.

"몰라. 사방이 어두워서. 다른 것도 전부 어둡게만 보였어."

"진주 때문이야. 그 진주 안에 악마가 있어. 그걸 팔아서 악마를 남한테 넘겨야 했어. 어쩌면 지금이라도 그걸 팔아서 평화를 살 수 있을지 모르지."

후안 토마스가 말했다.

"세상에, 형, 나는 내 목숨보다 더 무거운 모욕을 당했어. 바닷가에 있는 내 카누가 부서지고, 내 집이 불타고, 잡목 숲에는 시체가 있어. 도망칠 길이 모두 막혔어. 형이 우리를 숨겨줘야 해."

형의 얼굴을 주의 깊게 살피던 키노는 형의 눈에 깊은 걱정이 서리는 것을 보고 미리 형이 거절할 가능성을 막아버렸다.

"길게는 아니야."

그가 재빨리 말했다.

"오늘 하루가 지나고 밤이 다시 올 때까지면 돼. 그 뒤에 우린 떠날 거야."

"숨겨줄게."

후안 토마스가 말했다.

"형을 위험하게 만들고 싶지 않아. 내가 나병 환자 같다는 건 알
아. 내가 오늘 밤에 떠날게. 그러면 형은 안전할 거야."

"내가 널 지켜줄게."

후안 토마스는 이렇게 말하고 나서 목소리를 높였다.

"아폴로니아, 문 닫아. 키노가 여기 있다는 말은 뻥긋도 하지 마."

그들은 어두운 집 안에서 하루 내내 조용히 앉아 있었다. 이웃들
이 그들에 대해 이야기하는 소리가 들렸다. 벽의 틈새로 그들은 이
웃들이 뼈를 찾으려고 잿더미를 갈퀴로 긁는 모습을 지켜보았다.
후안 토마스의 집에 웅크린 채로, 그들은 배가 부서졌다는 소식에
이웃들이 충격받는 소리를 들었다. 후안 토마스는 이웃들의 의심을
돌리려고 밖으로 나가, 키노와 후아나와 아기가 어떻게 되었을지
여러 추측을 내놓았다. 한 이웃에게 그는 이렇게 말했다.

"내 생각에는 키노 가족이 자기들에게 닥쳐온 악마를 피해 해안
을 따라 남쪽으로 간 것 같아."

다른 이웃에게는 이렇게 말했다.

"키노는 절대 바다를 떠날 사람이 아니야. 다른 배를 구했는지도

모르지."

이런 말도 했다.

"아폴로니아는 슬퍼서 몸져누웠어."

그날 바람이 일어 만을 두드려대며 해변에 줄지어 늘어져 있던 해초와 잡초를 찢어발겼다. 움집촌을 헤집으며 횡횡 돌아다니는 바람에 물 위의 어떤 배도 안전하지 않았다. 그때 후안 토마스가 이웃들 사이에서 말했다.

"키노는 사라졌어. 만약 바다로 나간 거라면, 지금쯤 물에 빠져 죽었을 거야."

후안 토마스는 밖에 나가서 이웃들과 어울리다 돌아올 때마다 꼭 뭔가를 하나씩 빌려왔다. 작은 망태기 하나를 채운 팥과 호리병 하나를 가득 채운 쌀. 말린 고추 한 컵과 소금 한 덩이. 긴 칼도 하나 가져왔다. 길이가 18인치나 되고 무거워서 작은 도끼처럼 도구 겸 무기로 쓸 수 있었다. 이 칼을 보고 눈에 반짝 빛이 들어온 키노는 칼날을 어루만지며 얼마나 날카로운지 엄지로 시험해보았다.

바람이 만에서 비명을 질러대며 바다를 하얗게 뒤집어놓았다. 맹그로브는 겁에 질린 소 떼처럼 물속으로 뛰어들고, 고운 모래 먼지가 땅에서 일어나 바다 위에 숨 막히는 구름처럼 떠 있었다. 바람이 그 구름을 밀어내고 하늘을 깨끗하게 걷어내자 모래가 눈송이처럼 떠돌았다.

저녁이 다가오자 후안 토마스는 동생과 긴 이야기를 나눴다.

"어디로 갈 거야?"

"북쪽으로. 북쪽에 도시가 여럿 있다고 들었어."

키노가 말했다.

"해안은 피해. 해안 수색대를 꾸리고 있어. 도시 사람들이 널 찾으려 할 거야. 진주는 아직 갖고 있어?"

"갖고 있어. 앞으로도 계속 갖고 있을 거야. 누구한테 선물로 줘 버릴걸. 어쨌든 이젠 그것이 나의 불운이자 삶이 되었으니 내가 갖고 있을 거야."

그의 눈빛이 냉혹하고 잔인하고 쓸쓸했다.

코요티토가 칭얼거리자, 후아나가 마법의 말을 작게 중얼거리며 아이를 달래 조용하게 만들었다.

"바람이 좋아."

후안 토마스가 말했다.

"흔적이 남지 않을 거야."

그들은 달이 떠오르기 전 어둠 속에서 조용히 떠났다. 그들 일가가 후안 토마스의 집에서 예의 바르게 일어섰다. 후아나는 코요티토를 등에 업고 숄로 덮어 고정했다. 아기는 후아나의 어깨에 뺨을 모로 대고 자고 있었다. 아기를 덮은 숄의 한쪽 끝이 후아나의 코를 가로지르며, 사악한 밤공기로부터 그녀를 보호해주었다. 후안 토마스는 동생을 두 배로 강하게 안아주고, 양 뺨에 입을 맞췄다.

"하느님이 함께하시길."

그가 말했다. 죽음을 말하는 것 같았다.

"진주는 포기하지 않을 거야?"

"이 진주는 이제 내 영혼이 됐어."

키노가 말했다.

"이걸 포기하면 내 영혼을 잃는 거야. 형에게도 하느님이 함께하시길."

6

바람이 맹렬하고 강하게 불었다. 바람에 날려 온 막대기, 모래, 돌
멩이가 그들의 몸을 두드려댔다. 후아나와 키노는 옷깃을 단단히
여미고 코를 가린 채 바람 속으로 나아갔다. 바람이 깨끗이 쓸어버
린 검은 하늘에서 별들이 차갑게 빛났다. 두 사람은 조심조심 걸으
며 시내 중심부를 피했다. 문간에서 자던 사람이 두 사람을 목격할
수도 있기 때문이었다. 밤이라서 사람들이 모두 집에 들어가 있으
므로, 어둠 속을 돌아다니는 사람이 있으면 쉽게 눈에 띌 터였다. 키
노는 시내 가장자리를 돌아, 별빛에 의지해서 북쪽으로 방향을 틀
었다. 잡목이 무성한 풍경을 가로질러, 기적의 성모를 섬기는 곳이
있는 로레토로 향하는 울퉁불퉁한 모래 길이 나왔다.

바람에 날려온 모래가 발목에 닿는 것을 느끼고 키노는 반가웠다. 흔적이 남지 않을 것을 확신했기 때문에. 희미한 별빛이 잡목들 사이 좁은 길을 비춰주었다. 뒤에서 후아나가 타박타박 걸어오는 소리가 들렸다. 조용하지만 빠른 걸음으로 움직이는 그를 놓치지 않으려고 후아나는 종종걸음을 쳤다.

고대부터 내려오는 어떤 것이 키노의 마음속에서 들썩였다. 밤에 출몰하는 악마와 어둠에 대한 두려움을 뚫고 들뜬 기분이 솟아올랐다. 그의 마음속에서 동물적인 감각 같은 것이 움직이고 있어서 그는 신중하고 조심스럽고 위험한 존재가 되었다. 일족의 먼 과거로부터 이어진 어떤 것이 그의 마음속에서 살아 움직였다. 바람이 등을 밀어주고, 별빛이 그를 인도했다. 잡목 숲에서 바람이 휭휭 소리를 질러대는 가운데 키노 일가는 몇 시간 동안 단조롭게 터벅터벅 걸었다. 길에서 지나친 사람도 없고 눈에 띈 사람도 없었다. 마침내 오른쪽에서 점점 이지러지는 달이 떠오르자, 바람이 잦아들었다. 땅이 다시 조용해졌다.

이제 앞에 뻗은 좁은 길이 보였다. 바람에 실려 온 모래가 깊게 파인 바퀴 자국에 덮여 있었다. 바람이 사라졌으니 이제 발자국이 남을 테지만, 이미 도시에서 상당히 멀리 왔으므로 사람들이 흔적을 알아차리지 못할 가능성이 있었다. 키노는 조심스럽게 바퀴 자국을 밟으며 걸었다. 후아나는 그가 밟은 자리를 밟으며 뒤따랐다. 아침에 시내로 가는 커다란 수레 한 대만 이 길을 지나가도 그들이 지나간 흔적이 모조리 지워질 수 있었다.

그들은 밤새 똑같은 속도로 걸었다. 도중에 한 번 코요티토가 깨어나자 후아나는 아이를 앞으로 돌려 안고 달래서 다시 잠재웠다. 밤의 악마들이 주위에 있었다. 잡목 숲에서 코요테가 웃음소리 같은 소리로 울어대고, 머리 위에서는 올빼미가 날카로운 소리를 냈다. 한 번은 덩치 큰 짐승 한 마리가 따닥따닥 덤불 밟는 소리를 내며 쿵쿵 멀어졌다. 키노는 큰 칼의 손잡이를 움켜쥐고 거기서 안정감을 얻었다.

키노의 머릿속에서 진주의 음악이 의기양양하게 울려 퍼졌다. 가족의 음악의 조용한 멜로디가 그 밑에 깔려 있었다. 그 두 가지 음악 소리가 샌들을 신은 발로 흙길을 타박타박 걷는 소리에 섞여 들었다. 그들은 밤새 걸었다. 그러다 해가 뜰 기미가 보이자마자 키노는 낮 동안 몸을 숨길 곳을 찾으려고 길가를 훑어보았다. 길 근처에 그런 곳이 있었다. 어쩌면 사슴이 쉬어 갔을지도 모르는 작은 공터인데, 길가에 늘어선 건조한 나무들이 두툼한 커튼 역할을 했다. 후아나가 바닥에 앉아 아기에게 젖을 먹이려고 자세를 잡은 뒤, 키노는 다시 길로 나갔다. 그리고 가지를 하나 꺾어, 길에서 은신처로 이어진 발자국을 세심하게 지웠다. 해가 떠오른 직후, 수레가 삐걱삐걱 다가오는 소리가 들렸다. 키노는 길가에 웅크린 채, 바퀴가 두 개인 무거운 소달구지가 느릿느릿 지나가는 것을 보았다. 그것이 시야에서 사라진 뒤 키노는 다시 길로 나가 바퀴 자국을 살폈다. 발자국이 지워져 있었다. 그는 자신의 흔적을 다시 나뭇가지로 쓸어버리고 후아나에게 돌아갔다.

후아나는 아폴로니아가 싸준 옥수수빵을 그에게 주었다. 그러고 나서 얼마 뒤 그녀는 잠시 눈을 붙였다. 하지만 키노는 바닥에 앉아 땅바닥을 빤히 바라보았다. 개미들이 자신의 한쪽 발 근처에서 줄지어 움직이는 것을 관찰하다가 그들의 길 앞에 발을 놓았다. 그러자 개미 행렬은 그의 발등으로 기어 올라와 가던 길을 계속 갔다. 키노는 발을 계속 그 자리에 두고, 그 위를 넘어가는 개미들을 지켜보았다.

태양이 뜨겁게 떠올랐다. 지금 그들이 있는 곳은 만과 가깝지 않아서 공기가 건조하고 뜨거웠기 때문에, 잡목들이 열기에 부르르 떨며 좋은 나무 진 냄새를 풍겼다. 후아나가 깨어난 것은 해가 높이 떠 있을 때였다. 키노는 그녀도 이미 아는 일들을 다시 말해주었다.

"저기 저런 나무는 조심해."

그가 한쪽을 가리키며 말했다.

"건드리면 안 돼. 저걸 건드렸다가 눈을 만지면 눈이 멀어버리니까. 진이 흐르는 저 나무도 조심해. 보이지, 저쪽 저 나무. 저거 가지를 꺾으면 빨간 피가 흘러나올 거야. 그러면 재수가 없어."

후아나는 고개를 끄덕이며 그에게 살짝 미소를 지었다. 자신도 이미 아는 이야기였기 때문에.

"놈들이 우릴 따라올까?"

그녀가 물었다.

"놈들이 우리를 찾아 나설 것 같아?"

"그럴 거야. 누구든 우리를 찾아낸 사람이 진주를 가져가겠지. 당연히 찾아 나설 거야."

"어쩌면 매입자들 말이 옳았는지도 몰라. 진주에 전혀 가치가 없다는 말. 어쩌면 이 모든 게 환상이었는지도 몰라."

키노는 옷 속으로 손을 넣어 진주를 꺼냈다. 그리고 눈이 타는 듯 아파올 때까지 햇빛 속에서 진주를 이리저리 돌려보았다.

"아냐. 가치가 없다면 놈들이 이걸 훔치려고 하지 않았을 거야."

"당신을 공격한 사람이 누구인지 알아? 그 매입자들이었어?"

"나도 몰라. 놈들을 못 봤어."

키노는 앞날을 그려보려고 진주를 들여다보았다.

"이걸 마침내 팔게 되면 나는 라이플을 살 거야."

그는 이렇게 말하고 나서, 반짝이는 진주 표면에서 라이플을 찾아보았으나 빛을 받아 반짝이는 핏방울을 목에서 뚝뚝 흘리며 땅바닥에 웅크리고 있는 검은 시체만 보일 뿐이었다. 그가 재빨리 말했다.

"큰 성당에서 결혼식도 올릴 거야."

진주 속에서 그가 본 것은 후아나가 기진맥진한 얼굴로 밤에 집을 향해 느릿느릿 움직이는 모습이었다.

"우리 아들은 반드시 글을 배워야 해."

그는 열에 들뜬 사람처럼 말했다. 그러자 진주 속에 악기운 때문에 붓고 열이 오른 코요티토의 얼굴이 나타났다.

키노는 진주를 다시 옷 속에 쑤셔 넣었다. 귓가에 들리는 진주의 음악은 이미 불길하게 변해서, 악마의 음악과 뒤섞여 있었다.

뜨거운 햇볕이 땅바닥을 쨍쨍 두드려대자 키노와 후아나는 잡목 숲의 얼룩덜룩한 그림자 속으로 자리를 옮겼다. 그늘 속 땅바닥에서 작은 회색 새들이 날쌔게 움직였다. 한낮의 더위 속에서 키노는 긴장을 풀고, 모자로 눈을 덮고, 파리를 쫓기 위해 얼굴을 담요로 감싸고 잠이 들었다.

하지만 후아나는 잠들지 않았다. 그녀는 바위처럼 조용히 앉아 있었다. 얼굴도 고요했다. 키노에게 맞은 입가가 아직 부어 있었고, 커다란 파리들이 턱에 난 상처 주위에서 붕붕거렸다. 그래도 그녀는 파수병처럼 가만히 앉아 있었다. 코요티토가 깨어나자 그녀는 아이를 자기 앞의 땅바닥에 내려놓고, 아이가 팔다리를 버둥거리는 모습을 지켜보았다. 아이가 방긋방긋 웃으며 목구멍으로 꼴딱꼴딱 소리를 내는 모습에 결국 그녀도 미소를 지었다. 그녀는 바닥에서 작은 가지를 하나 주워 아이를 간질였다. 짐 속에 챙겨온 호리병 속의 물을 아이에게 먹였다.

키노가 꿈을 꾸는지 몸을 들썩이며, 목구멍에서 나오는 갈라진 목소리로 소리를 질렀다. 그의 손이 싸움을 하듯 움직였다. 그러다 그가 앓는 소리를 내며 벌떡 일어나 앉았다. 눈을 휘둥그렇게 뜨고 콧구멍을 벌름거리며 귀를 기울였지만, 들리는 것이라고는 더위에 주변이 구워지는 소리와 멀리서 들리는 쉿쉿 소리뿐이었다.

"왜 그래?"

후아나가 물었다.

"쉿."

"당신, 꿈을 꾼 거야."

"그런지도 모르지."

하지만 그는 안심하지 못했다. 그녀가 갖고 있던 옥수수빵을 주었을 때도, 그는 빵을 씹다 말고 귀를 기울였다. 마음을 놓지 못하고 신경을 곤두세운 채 어깨 너머를 힐끔거리고, 큰 칼을 들어 날을 만져보았다. 바닥에 누운 코요티토가 목구멍으로 소리를 내자 키노가 말했다.

"애 좀 조용히 시켜."

"왜 그러는데?"

후아나가 물었다.

"나도 몰라."

그는 다시 귀를 기울였다. 눈빛이 짐승 같았다. 그는 소리 없이 일어서서, 몸을 낮추고 잡목을 헤치며 길을 향해 움직였다. 하지만 길 위에 발을 들여놓지는 않고, 가시가 많은 나무에 몸을 숨긴 뒤 자신이 온 길을 바라보았다.

그때 그들이 움직이는 것이 보였다. 키노는 몸을 뻣뻣하게 굳히면서 고개를 숙여 아래로 휘어진 가지 아래에서 길 쪽을 내다보았다. 저 멀리 세 명이 보였다. 두 명은 걷고, 한 명은 말을 타고 있었다. 그들이 누구인지 깨달은 그의 몸이 두려움으로 오싹해졌다. 아직 거리가 먼데도 그는 걷고 있는 두 사람이 바닥을 향해 몸을 낮게 숙이고 천천히 움직이는 것을 볼 수 있었다. 한 명이 걸음을 멈추고 땅바닥을 살피자, 다른 한 명이 그에게 합류했다. 그들은 추적자였다.

돌산에서 야생 양들이 이동한 흔적을 추적할 수 있는 사람. 그들은 사냥개만큼이나 민감했다. 만약 도중에 키노와 후아나가 길에 파인 바퀴 자국이 아닌 곳에 발을 디딘 적이 있다면, 내륙에서 온 이 사냥꾼들은 그 자국을 따라올 수 있었다. 끊어진 지푸라기나 흙먼지가 조금 흐트러진 자국에서 의미를 읽어낼 수 있었다. 그들 뒤에서 말에 타고 있는 사람은 검게 보이는 남자였다. 코를 담요로 덮은 그의 안장에서 라이플이 햇빛을 받아 반짝였다.

키노는 나뭇가지처럼 뻣뻣하게 누워 있었다. 숨도 거의 쉬지 않고, 아까 자신이 흔적을 지운 지점을 눈으로 보았다. 그렇게 길을 쓸어낸 자국조차 저 추적자들에게는 일종의 메시지가 될지 모른다. 키노는 내륙의 사냥꾼들을 잘 알았다. 사냥감이 별로 없는 곳에서 그들은 뛰어난 사냥 솜씨 덕분에 그럭저럭 살아갔다. 그들이 지금 그를 사냥하고 있었다. 짐승처럼 땅 위에서 종종걸음을 치던 그들이 어떤 흔적을 발견하고 그 자리에 쪼그리고 앉았다. 말에 탄 사람은 기다렸다.

추적자들은 추적에 점점 열이 올라 들뜬 개처럼 조금 낑낑거리는 소리를 냈다. 키노는 큰 칼을 천천히 꺼내 준비 자세를 취했다. 자신이 무엇을 해야 하는지 그는 알고 있었다. 만약 저 추적자들이 아까 그가 흔적을 쓸어낸 지점을 발견한다면, 그는 반드시 저 말 탄 사람에게 달려들어 재빨리 그를 죽이고 라이플을 빼앗아야 했다. 그것만이 유일한 희망이었다. 그 세 명이 점점 가까이 다가오는 동안, 키노는 샌들을 신은 발끝으로 바닥에 작은 구덩이를 몇 개 팠다. 느닷없이 뛰쳐나갈 때 발이 미끄러지지 않게 하기 위해서였다. 아래로 휘어진 가지 때문에 시야가 극히 제한되어 있었다.

은신처에 있던 후아나도 말발굽 소리를 들었다. 코요티토는 목구멍으로 소리를 냈다. 후아나는 아이를 재빨리 안아 숄로 감싼 뒤 젖을 물렸다. 아이가 조용해졌다.

추적자들이 가까이 다가왔을 때 가지 아래에 있는 키노의 눈에 보이는 것이라고는 그들의 다리와 말 다리뿐이었다. 검은 뿔처럼 생긴 남자들의 발과 그들의 해진 흰색 옷이 보이고, 가죽 안장이 삐걱거리는 소리와 박차 부딪히는 소리가 들렸다. 추적자들은 그가 흔적을 지운 곳에 멈춰 서서 그 자리를 유심히 살폈다. 말 탄 사람도 멈춰 섰다. 말이 재갈을 밀어내려는 듯 고개를 뒤로 젖히자 혀 아래에서 재갈 롤러가 소리를 내고 말은 히히힝 울었다. 검은 추적자들이 고개를 돌려 말을 살피며 녀석의 귀를 지켜보았다.

키노는 숨을 참고 있었다. 등이 조금 둥글게 휘어지고, 팔다리의 근육이 불끈 불거지고, 윗입술 선을 따라 땀이 솟았다. 추적자들은 한참 동안 땅 위로 몸을 굽히고 있다가 천천히 움직이며 앞쪽의 땅바닥을 살폈다. 말 탄 사람도 그들을 따라 움직였다. 추적자들은 종 종걸음을 치다가 멈춰 서서 주위를 살피고 다시 서둘러 걸음을 옮겼다. 키노는 저들이 다시 돌아올 것을 확신했다. 그들은 길을 돌아오면서 허리를 굽히고 수색할 것이다. 그렇게 조만간 그가 흔적을 지운 자리로 돌아올 것이다.

키노는 미끄러지듯 뒤로 움직이면서 굳이 흔적을 지우려 하지 않았다. 그럴 수도 없었다. 작은 흔적들이 너무 많았다. 부러진 잔가지, 질질 끌린 발자국, 원래 자리에서 밀려난 돌멩이가 너무 많았다. 게다가 이제는 키노도 당황하고 있었다. 도망자의 두려움이었다. 추적자들은 틀림없이 그의 흔적을 찾아낼 것이다. 피할 길이 없었다. 도망치는 것 외에는. 그는 살금살금 길에서 멀어져 빠른 걸음으로 조용히 은신처로 돌아갔다. 후아나가 의문을 품은 얼굴로 그를 올려다보았다.

"추적자야."

그가 말했다.

"일어서!"

그때 무력감과 절망감이 그를 휩쓸었다. 그의 얼굴이 새까매지고 눈빛이 슬퍼졌다.

"그냥 놈들한테 잡혀버릴까."

후아나가 즉시 일어서서 그의 팔을 잡았다.

"당신한테는 진주가 있어."

그녀가 갈라진 목소리로 외쳤다.

"놈들이 당신을 산 채로 데려갈 것 같아? 진주를 도둑맞았다고 말할 텐데?"

옷 속에 진주를 숨겨둔 자리를 향해 그의 손이 힘없이 움직였다.

"놈들이 이걸 찾아낼 거야."

그가 힘없이 말했다.

"가자."

그녀가 말했다.

"얼른!"

그가 반응하지 않자 그녀는 다시 말했다.

"놈들이 날 살려둘 것 같아? 저 애를 여기에 살려둘 것 같아?"

그녀의 다그침이 그의 뇌를 찔렀다. 그의 입술이 포효하듯 벌어지고 눈빛이 다시 사나워졌다.

"가자."

그가 말했다.

"산으로 들어가는 거야. 산속이라면 놈들을 따돌릴 수 있을지도 몰라."

그는 호리병과 작은 가방을 정신없이 챙겼다. 왼손에는 짐 꾸러미를 들었고, 오른손으로는 큰 칼을 자유로이 휘둘렀다. 그리고 후아나가 지나갈 수 있게 잡목 틈새를 벌려주었다. 두 사람은 높은 돌산이 있는 서쪽으로 서둘러 움직였다. 잔뜩 얽혀서 자라는 덤불을 뚫고 종종걸음을 쳤다. 두려움에 찬 도망길이었다. 키노는 빨리 움직이느라 돌멩이를 걷어차고 작은 나무의 나뭇잎을 떨어뜨리면서도 흔적을 지우려 하지 않았다. 바짝 마른 땅 위로 높이 뜬 햇볕이 쨍쨍 쏟아져서 식물들조차 항의하듯 움직였다. 하지만 저 앞에 벌거벗은 화강암 산이 침식된 땅에서 솟아올라 하늘을 배경으로 거대한 기념비처럼 서 있었다. 키노는 그 높은 곳을 향해 뛰었다. 쫓기는 동물이 거의 모두 그러하듯이.

이 땅에는 물이 전혀 없었다. 털처럼 솟아 있는 선인장은 물을 저장할 수 있었고, 뿌리가 커다란 잡목은 땅속 깊숙이 뿌리를 뻗어 찾아낸 아주 작은 수분만으로도 살아갈 수 있었다. 발밑에 밟히는 것은 흙이 아니라 부서져 작은 정육면체나 커다란 석판 모양으로 갈라진 바위였다. 물살에 깎여 둥글어진 돌은 전혀 보이지 않았다. 가엾게도 바짝 마른 풀 몇 포기가 바위 사이에서 자랐다. 단 한 번의 비로 싹을 틔우는 이 풀들은 둥근 결구를 만들고 씨앗을 떨어뜨린 뒤 죽었다. 뿔 달린 두꺼비 몇 마리가 지나가는 키노 일가를 지켜보다가, 작은 용처럼 생긴 고개를 돌렸다. 그늘 속에 있다가 방해를 받은 커다란 산토끼가 가끔 튀어나와 가장 가까운 바위 뒤에 숨었다. 열기가 노래하듯 이 사막을 덮었고, 저 앞의 돌산은 서늘해 보여서 반가웠다.

그렇게 키노는 도망쳤다. 앞으로 무슨 일이 벌어질지 그는 알고 있었다. 추적자들은 길을 따라 조금 움직이다가 오솔길을 미처 보지 못하고 그냥 지나쳤음을 깨닫고 되돌아가 수색할 것이다. 그리고 곧 키노와 후아나가 쉬었던 장소를 찾아낼 것이다. 그다음부터는 그들에게 어려울 것이 없었다. 바닥의 돌멩이, 떨어진 이파리, 휘어진 가지, 발이 미끄러지는 바람에 자국이 남은 자리. 키노는 머릿속으로 그 모습이 보이는 듯했다. 추적 중에 살짝 미끄러지기도 하고, 너무 열심히 일하다가 푸념하기도 하는 그들 뒤에는 반쯤 무심해 보이는 얼굴로 말을 타고 있는 그 검은 남자와 라이플이 있을 것이다. 그는 맨 마지막으로 나설 것이다. 그들을 데려가는 것이 그의 임무가 아니므로. 아, 악마의 노래가 키노의 머릿속에서 크게 울려퍼졌다. 열기의 쨍한 소리와 방울뱀의 메마른 소리가 함께 울렸다. 음악 소리가 압도적으로 크지는 않았지만 은밀하고 유독했다. 심장이 쿵쾅거리는 소리가 배경에 깔린 반주와 리듬이 되었다.

오르막길이 시작되었다. 그러면서 바위들도 더 커졌다. 하지만 이제는 키노 일가와 추적자들 사이에 거리가 조금 벌어져 있었다. 첫 번째 언덕에서 그는 휴식을 취한 뒤, 커다란 바위에 올라가 아지랑이처럼 가물거리는 땅을 돌아보았다. 그런데 적의 모습이 보이지 않았다. 심지어 말에 탄 키 큰 남자가 잡목 사이로 이동하는 모습도 보이지 않았다. 후아나는 바위 그늘 속에 앉아 있었다. 그녀가 물병을 코요티토의 입술에 대주자, 아이가 작고 마른 혀로 게걸스레 물병을 빨았다. 키노가 돌아오자 후아나는 시선을 들어 그를 보았다. 그가 바위에 베이고 잡목에 긁힌 그녀의 발목을 살피자, 그녀는 치맛자락으로 재빨리 가렸다. 그러고 나서 그에게 물병을 건넸지만 그는 고개를 저었다. 후아나는 피곤한 얼굴을 하고서도 눈을 밝게 빛냈다. 키노는 혀로 갈라진 입술을 축였다.

"후아나."

그가 말했다.

"나는 계속 갈 테니 당신은 숨어 있어. 내가 놈들을 산속으로 데려갈게. 놈들이 가버리고 나면, 당신은 북쪽의 로레토나 산타 로살리아로 가. 나도 놈들을 따돌리는 데 성공하면 당신에게 갈 거야. 안전한 방법은 그것뿐이야."

후아나는 잠시 그의 눈을 똑바로 바라보았다.

"싫어. 같이 갈 거야."

"나 혼자는 빨리 움직일 수 있어."

그가 냉정하게 말했다.

"당신이 나랑 같이 가면 애가 더 위험해져."

"싫어."

"그렇게 해야 해. 그게 현명한 길이니까 그렇게 해주면 좋겠어."

"싫어."

키노는 그녀의 얼굴에 여린 표정이 있는지, 두려움이나 망설임이 있는지 살펴보았다. 전혀 없었다. 그녀의 눈빛이 아주 밝았다. 키노는 어쩔 수 없다는 듯 어깨를 으쓱했지만, 그녀에게서 힘을 얻었다. 다시 움직이기 시작한 그들은 이제 겁에 질린 도망자가 아니었다.

산을 향해 점점 높아지는 땅의 풍경이 급속히 바뀌었다. 길게 노출된 화강암에는 깊게 갈라진 틈이 여기저기 있었다. 키노는 가능한 한 자국이 남지 않는 바위 위를 걸으며 바위에서 바위로 건너뛰었다. 추적자들은 그의 자취를 놓칠 때마다 되돌아가서 다시 수색하느라 시간을 낭비하게 될 터였다. 그래서 키노는 이제 산을 향해 똑바로 가지 않고, 지그재그로 움직였다. 때로는 남쪽으로 불쑥 되돌아가서 흔적을 남긴 뒤, 다시 바위를 밟으며 산으로 향하기도 했다. 오르막길이 점점 가팔라져서 그는 조금 숨을 몰아쉬었다.

산에서 이빨처럼 솟아 있는 바위를 향해 해가 점점 내려왔다. 키노는 어둡게 그늘진 바위틈으로 방향을 잡았다. 그곳에 물이 조금이라도 있다면, 식물 또한 있을 것이다. 식물이 있는 곳까지 거리가 조금 떨어져 있어도 상관없었다. 만약 이 매끄러운 돌산을 넘어가는 길이 있다면, 저 깊게 갈라진 바위틈이 바로 그 길일 터였다. 거기에도 위험은 있었다. 추적자들 역시 같은 생각을 할 테니까. 하지만 빈 물병 때문에 그런 점을 고민할 여유가 없었다. 해가 점점 낮아지는 동안 키노와 후아나는 바위틈을 향해 가파른 비탈길을 힘겹게 올라갔다.

회색 돌산 높은 곳, 험한 꼭대기 아래에 바위의 갈라진 틈에서 솟아난 물이 고인 작은 샘이 있었다. 여름에도 그늘에 보존된 눈이 그 샘의 원천이라서, 가끔은 물이 완전히 말라붙어 바닥의 바위들과 말라붙은 수초가 드러나곤 했다. 그러나 차갑고 깨끗하고 아름다운 물이 쏟아져 나올 때가 대부분이었다. 소나기가 내릴 때면 물이 넘쳐서 하얀 물기둥이 커다란 바위틈을 타고 콸콸 흘러 내려가기도 했지만, 그냥 작고 빈약한 샘일 때가 대부분이었다. 바위틈에서 퐁퐁 솟아 나온 물은 이 샘에 고였다가 100피트 아래쪽에 있는 또 다른 샘으로 내려갔다. 그렇게 이 샘이 넘치면 물은 더 아래로 내려갔다. 이런 식으로 계속 아래로, 아래로 내려가다가 잡석 지대에 닿으면 완전히 자취를 감췄다. 어차피 그곳에 다다를 때쯤에는 남은 물이 얼마 되지도 않았다. 물이 한 번씩 가파른 길을 타고 내려갈 때마다 목마른 공기가 그 물을 마시기 때문이었다. 물은 샘에서 바짝 마른 식물을 향해 떨어졌다. 동물들이 몇 마일이나 떨어진 곳에서 샘물을 마시러 찾아오고, 야생 양과 사슴, 퓨마와 너구리, 생쥐 등도 모두 물을 마시러 왔다. 잡목 지대에서 낮을 보내는 새들은 밤에 산속 바위틈에 계단처럼 층층이 자리한 작은 샘을 찾아왔다. 이 작은 물길 옆, 뿌리를 지탱할 만큼 흙이 모여 있는 곳이라면 어디든 식물이 자랐다. 머루와 작은 야자수, 각종 양치식물, 히비스커스. 뾰족뾰족한 이파리 위로 막대기에 깃털이 달린 것 같은 모양인 팜파스그래스가 높이 솟아 있었다. 샘에는 개구리와 소금쟁이가 살았다. 샘 바닥에서는 물벌레들이 기어다녔다. 물을 사랑하는 모든 것이 몇 개 되지도 않는 얕은 샘을 찾아왔다. 고양잇과 짐승들은 여기서 사냥감을 잡아 깃털을 물 위에 흩뿌리고 피투성이 이빨로 물을 할짝거렸다. 작은 샘은 물이 있다는 이유로 생명의 장소가 되고, 역시 물이 있다는 이유로 살육의 장소가 되었다.

가장 아래의 샘, 물이 100피트를 굴러 내려가 잡석이 흩어진 사막으로 자취를 감추기 전에 마지막으로 모이는 그 샘은 바위와 모래로 이루어진 작은 단 모양이었다. 이곳으로 떨어지는 물길은 연필처럼 가늘었지만, 그것만으로도 샘을 가득 채우고 절벽 아래 양치식물을 푸르게 유지할 수 있었다. 머루가 돌산을 타고 기어오르고, 온갖 종류의 작은 식물 또한 여기서 평안을 얻었다. 가끔 일어나는 홍수로 물이 흘러가는 곳에 만들어진 작고 축축한 모래사장에서는 밝은 초록색의 물냉이가 자랐다. 물을 마시거나 사냥을 하려고 이곳을 찾는 동물들의 발길 때문에 모래사장에는 베이고 긁힌 것 같은 상처가 생겼다.

키노와 후아나가 가파른 비탈길을 힘겹게 올라 마침내 샘에 도달한 것은 해가 돌산 너머로 진 뒤였다. 이 샘 옆에 서면, 햇빛에 시달린 사막을 넘어 저 멀리 푸르른 만까지 모두 내다볼 수 있었다. 두 사람은 완전히 지친 상태로 샘에 도착했다. 후아나는 풀썩 쓰러지듯 무릎으로 앉아 먼저 코요티토의 얼굴을 씻긴 다음, 물병에 물을 채워 아이에게 먹였다. 아이도 지쳐서 투정을 부리며 작게 울다가, 후아나가 젖을 물리자 그 품에 안겨 꼴깍꼴깍 젖을 먹었다. 키노는 목이 말라서 한참 동안 샘물을 마셨다. 그러고는 샘 옆에 잠시 늘어지게 누워 온 근육의 힘을 빼고, 아기에게 젖을 먹이는 후아나를 지켜보았다. 그러다 다시 일어서서, 물이 아래로 흘러내리는 가장자리까지 다가가 먼 곳을 조심스레 살펴보았다. 어느 한 지점에 시선이 닿았을 때 그의 몸에 힘이 들어갔다. 저 멀리 능선 아래에 추적자 두 명이 보였다. 작은 점이나 바삐 움직이는 개미처럼 보이는 그들 뒤에 좀 더 덩치가 큰 개미가 있었다.

그를 보고 있던 후아나는 그의 등에 뻣뻣하게 힘이 들어가는 것을 보았다.

"얼마나 떨어져 있어?"

그녀가 조용히 물었다.

"저녁때쯤 여기 도착할 거야."

키노는 이렇게 말하고 나서, 물이 흘러 내려오는 길고 가파른 바위틈을 올려다보았다.

"우린 서쪽으로 가야 해."

그는 바위틈 뒤의 바위를 눈으로 훑었다. 그 회색 바위를 타고 30피트 올라간 지점에 침식으로 생긴 작은 동굴이 연달아 보였다. 키노는 샌들을 벗고, 아무것도 없는 바위를 발가락에 힘을 주어 디디며 그 동굴까지 올라가 얄팍한 안쪽을 들여다보았다. 바람이 바위에 파놓은 동굴의 깊이는 고작 몇 피트에 불과했지만, 안쪽으로 갈수록 바닥이 살짝 아래로 기울어져 있었다. 키노는 가장 큰 동굴로 기어 들어가 누워보았다. 밖에서는 동굴 안이 전혀 보이지 않을 것이라는 확신이 들었다. 그는 재빨리 후아나에게 돌아갔다.

"당신이 저 위로 올라가. 저기 있으면 놈들이 못 찾을 것 같아."

그가 말했다.

후아나는 아무 질문도 던지지 않고 물병을 가득 채웠다. 키노는 얄팍한 동굴까지 올라가는 그녀를 도와준 뒤, 먹을 것이 담긴 꾸러미를 가져와 그녀에게 넘겨주었다. 후아나는 동굴 입구에 앉아 그를 지켜보았다. 그가 모래에 남은 흔적을 굳이 지우려 하지 않는 것이 보였다. 그는 샘 옆의, 덤불이 자라는 절벽을 오르며 양치류와 머루를 찢어발겼다. 그는 다음 샘까지 100피트를 올라갔다가 다시 내려왔다. 그리고 동굴이 있는 매끈한 바위를 유심히 살피며, 지나간 흔적이 남지 않았는지 확인했다. 그러고 나서야 마침내 동굴로 올라와 후아나 옆으로 기어 들어왔다.

그가 말했다.

"놈들이 저 위로 올라간 뒤에 우리는 살짝 여기서 빠져나가 다시 저지대로 내려갈 거야. 애가 울까 봐 걱정이네. 애가 울지 않게 해."

"안 울 거야."

후아나는 아기를 자신의 얼굴 앞으로 들어 올리고 눈을 들여다보았다. 아기가 엄숙한 표정으로 그녀를 마주 보았다.

"얘도 알아."

후아나가 말했다.

키노는 동굴 입구에 누워, 엇갈리게 겹친 팔 위에 턱을 고였다. 그러고는 산의 푸른 그림자가 저 아래 덤불이 자라는 사막을 가로질러 마침내 만까지 이르는 모습을 지켜보았다. 길게 늘어진 황혼처럼 그림자가 땅을 덮었다.

추적자들은 한참 뒤까지 나타나지 않았다. 키노가 남긴 흔적 때문에 애를 먹는 모양이었다. 그들이 마침내 작은 샘에 나타난 것은 해 질 녘이었다. 이제는 세 사람 모두 걷고 있었다. 가파른 능선을 말이 오를 수 없기 때문이었다. 위에서 내려다보니 저녁 어스름 속에 그들이 가늘게 보였다. 두 추적자는 작은 모래사장에서 바삐 움직이다가, 물을 마시기도 전에 키노가 절벽을 타고 올라간 흔적을 보았다. 라이플을 가진 남자는 바닥에 앉아 휴식을 취했다. 추적자들도 그 근처에 쪼그리고 앉았다. 저녁 어스름 속에서 그들의 담배 끝이 빨갛게 빛나다가 사라졌다. 그들이 식사를 하고 있는 것이 키노의 눈에 들어왔다. 작게 웅얼거리는 목소리도 들렸다.

어둠이 내렸다. 산속 바위틈의 어둠은 새까만 색이었다. 평소 샘을 이용하는 동물들이 가까이 왔다가 사람 냄새를 맡고 다시 어둠 속으로 사라졌다.

키노의 등 뒤에서 중얼거리는 소리가 들렸다. 후아나가 속삭이고 있었다.

"코요티토."

아이에게 제발 조용히 하라고 애원하는 중이었다. 아기가 칭얼거리는 소리가 들렸다. 그 소리가 뭔가에 막힌 것 같아서, 키노는 후아나가 아기의 머리를 숄로 덮어놓았음을 깨달았다.

저 아래 모래사장에서 성냥불이 확 피어올랐다. 그 순간적인 빛 속에 두 남자가 개처럼 둥글게 몸을 말고 잠들어 있는 모습이 드러났다. 남은 한 사람은 파수를 보았다. 성냥불 빛에 라이플이 번득였다. 성냥불은 곧 사라졌지만, 키노의 눈에는 방금 본 광경이 남았다. 몸을 말고 잠든 두 남자와, 무릎 사이에 라이플을 놓고 모래밭에 앉아 있는 한 남자의 모습이 지금도 눈에 보이는 듯했다.

키노는 동굴 안쪽으로 조용히 들어갔다. 후아나의 눈이 낮게 뜬 별빛을 받아 불꽃처럼 빛났다. 키노는 그녀 가까이로 조용히 기어가, 뺨에 입술을 바싹 댔다.

"방법이 있어."

그가 말했다.

"놈들이 당신을 죽일 거야."

"내가 라이플을 가진 놈을 먼저 잡으면……."

키노가 말했다.

"반드시 놈을 먼저 잡아야 해. 그러면 괜찮을 거야. 둘은 자고 있어."

숄 아래에서 후아나의 손이 조심스레 뻗어 나와 그의 팔을 꼭 잡았다.

"별빛 때문에 당신의 하얀 옷이 눈에 띌 거야."

"아냐. 내가 달이 뜨기 전에 나가야 해."

키노는 부드러운 말을 머릿속으로 찾아보다가 포기했다.

"놈들이 날 죽이면, 조용히 엎드려 있어. 그러다 놈들이 가버린 뒤에 로레토로 가."

그의 손목을 잡은 후아나의 손이 파르르 떨렸다.

"다른 방법이 없어."

키노가 말했다.

"이게 유일한 방법이야. 아침이 되면 놈들이 우릴 찾아낼 거야."

후아나가 조금 떨리는 목소리로 말했다.

"하느님이 함께하시길."

키노는 그녀를 주의 깊게 살폈다. 그녀의 커다란 눈이 보였다. 그가 더듬더듬 아기에게 손을 뻗었다. 그의 손바닥이 잠깐 코요티토의 머리에 머물렀다. 그러고 나서 그는 손을 들어 후아나의 뺨을 만졌다. 그녀는 숨을 죽였다.

후아나는 하늘을 배경으로 뚫려 있는 동굴 입구에서 키노가 하얀 옷을 벗는 모습을 보았다. 때가 묻고 해진 옷이라 해도, 어두운 밤에는 금방 눈에 띌 터였다. 차라리 그의 갈색 피부가 더 훌륭한 보호색

이었다. 그가 호신부(護身符) 역할을 하는 목걸이 끈을 큰 칼의 손
잡이에 감는 모습이 보였다. 그렇게 칼을 몸 앞으로 늘어뜨리니 두
손이 자유로워졌다. 그는 그녀가 있는 곳으로 다시 오지 않았다. 동
굴 입구에 조용히 웅크린 그의 검은 몸이 보이더니 금방 사라져버
렸다.

후아나는 입구로 가서 밖을 내다보았다. 산의 구멍 속에서 올빼
미처럼 밖을 살폈다. 등에 업혀 잠든 아기에게는 담요를 덮어두었
다. 아기의 옆얼굴이 그녀의 목과 어깨에 닿아 있었다. 아기의 따스
한 숨결이 느껴졌다. 후아나는 기도와 마법을 조합한 말을 중얼거
렸다. 인간이 아닌 검은 것들에 대항하는 그녀만의 성모송이자 오
랜 기도였다.

다시 밖을 내다보니 밤의 어둠이 조금 옅어진 것 같았다. 동쪽 하
늘이 조금 밝았다. 곧 달이 떠오를 지평선 근처였다. 아래를 내려다
보니, 파수를 보는 남자의 담배 불빛이 보였다.

키노는 느리게 움직이는 도마뱀처럼 매끄러운 바위를 살금살금
내려갔다. 칼이 바위에 부딪혀 소리를 낼까 봐 목걸이의 방향을 이
미 거꾸로 돌려놓았다. 그는 손가락을 쫙 펴서 바위를 움켜쥐고, 아
무것도 신지 않은 발가락으로 몸을 지탱할 것을 찾았다. 미끄러지
지 않게 가슴까지 바위에 착 붙였다. 어떤 소리라도, 이를테면 돌멩

이 구르는 소리나 한숨 소리, 바위에 살이 스치는 소리라도 났다가는 저 아래 남자들이 깨어날 것이다. 밤의 자연스러운 소리가 아닌 모든 소리가 그들의 경계심을 일깨울 것이다. 하지만 밤은 고요하지 않았다. 개울 근처에 사는 작은 청개구리는 새처럼 지저귀고, 매미의 높은 금속성 울음소리가 산속 바위틈을 꽉 채웠다. 키노의 머릿속에서도 음악이 울려 퍼졌다. 적의 음악이 잠들기 직전처럼 나지막하게 박동했다. 하지만 가족의 노래가 암컷 퓨마의 포효처럼 사납고 날카롭고 음험하게 변해 있었다. 생생히 살아난 가족의 노래가 검게 보이는 적들을 향해 그를 몰아붙였다. 맹렬한 매미 소리가 그 노래의 멜로디를 따라가는 듯했다. 청개구리도 그 멜로디의 악절 몇 개를 노래했다.

키노는 매끈한 바위 위에서 미끄러지는 그림자처럼 조용히 움직였다. 한쪽 맨발을 몇 인치 움직이면서, 발가락으로 바위를 더듬어 꽉 붙잡았다. 그다음에는 다른 발을 몇 인치 움직이고, 그다음에는 한쪽 손바닥을 조금 아래로 미끄러뜨리고, 그다음에는 다른 쪽 손바닥을 움직였다. 이런 식으로 온몸을 움직이지 않는 듯이 움직였다. 숨 쉬는 소리도 내지 않으려고 입도 벌렸다. 그는 자신이 아예 눈에 안 보이는 존재가 된 것은 아니라는 사실을 잘 알고 있었다. 만약 저 파수꾼이 움직임을 감지하고 바위 위에 유난히 검게 보이는 지점에 눈길을 준다면, 그 검은 것이 바로 그의 몸임을 알아차릴 터였다. 파수꾼의 시선을 끌지 않으려면 반드시 아주 느리게 움직여야 했다. 키노는 한참 시간을 들여 마침내 바위를 다 내려와, 작은 난쟁이 야자수 뒤에 웅크렸다. 가슴속에서 심장이 천둥처럼 쿵쾅거리고, 손과 얼굴은 땀으로 축축했다. 키노는 가만히 웅크린 채, 천천히 심호흡을 하며 마음을 다스렸다.

이제 적과 키노 사이의 거리는 고작 20피트였다. 그는 그 20피트의 지형을 기억 속에서 더듬어보았다. 급히 달려가다가 돌멩이 때문에 발을 헛디딜 위험이 있을까? 그는 쥐가 나지 않게 다리를 주무르다가, 온몸의 근육이 너무 오랫동안 긴장한 탓에 제멋대로 움찔거리고 있음을 깨달았다. 그는 두려운 심정으로 동쪽을 보았다. 곧 달이 떠오를 테니, 그 전에 적을 공격해야 했다. 파수꾼의 윤곽은 보였지만, 잠든 두 남자는 그의 시야보다 아래에 있었다. 키노가 잡아야 하는 것은 저 파수꾼이었다. 주저 없이 신속하게 그를 잡아야 했다. 키노는 등 뒤로 넘겼던 목걸이를 소리 없이 앞으로 돌려, 칼자루를 풀어냈다.

하지만 너무 늦었다. 그가 몸을 일으키는 순간, 은색 달빛이 동쪽 지평선 위로 살짝 모습을 드러냈기 때문에 그는 다시 나무 뒤로 주저앉았다.

늙고 지친 달이었지만, 또렷한 빛과 또렷한 그림자가 바위틈에 드리워졌다. 샘 옆의 작은 모래사장에 앉아 있는 파수꾼의 모습이 이제 키노의 눈에 확실히 보였다. 파수꾼은 달을 정면으로 응시하다가 새 담배에 불을 붙였다. 성냥불 빛에 그의 가무잡잡한 얼굴이 순간적으로 드러났다. 더 이상은 머뭇거릴 수 없었다. 파수꾼이 고개를 돌릴 때 반드시 달려들어야 했다. 키노의 다리가 꽉 눌러놓은 스프링처럼 단단해졌다.

그때 위쪽에서 작은 울음소리가 들렸다. 파수꾼은 고개를 돌리고 귀를 기울이더니 일어섰다. 자고 있던 두 명 중 한 명도 뒤척이다가 깨어나 조용히 물었다.

"무슨 일이에요?"

"나도 몰라."

파수꾼이 말했다.

"울음소리 같았는데, 거의 사람 소리 같았어…… 아이 울음소리."

자다 깨어난 남자가 말했다.

"꼭 그런 건 아니죠. 코요테 암컷이랑 새끼들이 같이 있는 것일 수도 있어요. 코요테 새끼가 갓난아기처럼 우는 걸 들은 적이 있거든요."

키노의 이마를 타고 땀방울이 흘러 내려와 눈으로 들어가는 바람

136

에 눈이 따가웠다. 작은 울음소리가 또 들려오자 파수꾼이 비탈 위의 어두운 동굴을 올려다보았다.

"코요테일 수도 있겠지."

그가 말했다. 그러고는 그가 라이플의 공이치기를 딸깍 하고 당기는 소리가 들려왔다.

"코요테라면 이걸로 해결하면 돼."

파수꾼이 총을 들어 올리며 말했다.

키노가 반쯤 뛰어올랐을 때 총성이 울리고 총구의 섬광이 그의 눈에 새겨졌다. 커다란 칼이 허공을 가르며 공허하게 우두둑 소리를 냈다. 칼이 목을 가르고 가슴 깊이 박혔다. 이제 키노는 무시무시한 기계처럼 움직였다. 그는 파수꾼의 몸에서 칼을 비틀어 빼면서 동시에 라이플을 붙잡았다. 그의 힘과 움직임과 속도가 기계 같았다. 그는 휙 돌아서서, 앉아 있던 남자의 머리를 멜론을 깨듯이 후려쳤다. 나머지 한 명은 게처럼 허둥지둥 움직이다가 샘에 빠졌지만, 물줄기가 연필처럼 가늘게 졸졸 흘러내려오는 절벽을 미친 듯이 기어오르기 시작했다. 그는 제멋대로 얽힌 머루 줄기를 손과 발로 두드려대고, 울먹이는 목소리로 알아들을 수 없는 소리를 중얼거리며 어떻게든 위로 올라가려고 했다. 하지만 키노는 이미 강철처럼 차갑고 무시무시한 존재가 되어 있었다. 그는 라이플의 레버를 신중하게 젖힌 뒤, 총을 들어 신중하게 겨냥하고 쏘았다. 적이 샘을 향해 뒤로 떨어지는 것을 보고, 키노는 샘으로 성큼성큼 걸어갔다. 달빛 속에서 겁에 질려 방황하는 눈동자가 보이자, 그는 그 두 눈 사이를 겨냥하고 쏘았다.

그러고 나서 불안하게 일어섰다. 뭔가가 이상했다. 어떤 신호 같은 것이 그의 뇌까지 도달하려고 애쓰고 있었다. 청개구리 소리도 매미 소리도 들리지 않았다. 새빨갛게 달아올라 한 가지 일에 집중하던 키노의 뇌가 곧 맑아지면서, 그는 그 소리의 정체를 알아차렸다. 돌산의 능선에 있는 작은 동굴에서 날카로운 신음 소리가 히스테리처럼 점점 커지고 있었다. 죽음의 소리였다.

라파스 사람들은 모두 그 가족의 귀환을 기억한다. 그것을 직접 본 노인들도 있지만, 아버지나 할아버지에게서 그 이야기를 들은 사람들도 똑같이 기억하고 있다. 그것은 모두가 겪은 일이다.

햇볕이 황금색으로 내리쬐는 오후 늦은 시각에 어린 사내아이들이 가장 먼저 시내로 미친 듯이 뛰어 들어가 키노와 후아나가 돌아온다는 말을 퍼뜨렸다. 모두 그들을 보려고 서둘러 움직였다. 해가 서쪽 산을 향해 점점 가라앉고, 땅 위에는 그림자가 길게 늘어졌다. 그날 그 광경을 사람들이 깊이 간직하게 된 것은 그런 풍경 때문이었는지도 모른다.

두 사람은 바퀴 자국으로 울퉁불퉁한 시골길에서 시내로 들어왔다. 평소처럼 키노가 앞에 서고 후아나가 뒤를 따르며 걷는 게 아니라, 나란히 걷고 있었다. 그들이 해를 등지고 있었기 때문에, 그들의 긴 그림자가 앞에서 천천히 움직였다. 마치 검은 탑 두 개를 들고 있는 것 같았다. 키노는 라이플을 팔에 걸쳤고, 후아나는 숄을 자루처럼 어깨에 메고 있었다. 그 안에 무겁게 늘어진 작은 꾸러미가 있었다. 마른 핏자국이 덕지덕지 붙어 있는 숄 안에서 그 꾸러미가 후아나의 걸음걸이에 맞춰 조금씩 흔들렸다. 피로에 지쳐 주름이 진 후아나의 얼굴이 그 피로와 싸우느라 단단히 굳어 있었다. 커다랗게 뜬 눈은 자신의 마음속을 들여다보는 듯했다. 세상과 동떨어진 모습이었다. 하늘만큼이나 멀었다. 키노는 입술과 턱에 힘을 잔뜩 주고 있었다. 사람들은 공포가 그와 함께 움직였다면서, 그가 점점 커지는 폭풍만큼 위험해 보였다고 말한다. 두 사람이 인간 세상과 동떨어진 존재가 된 것처럼 보였다는 말도 한다. 그들은 고통을 통과해 반대편으로 나온 것 같았다. 거의 마법 같은 힘이 그들을 에워싸고 보호해주는 것 같았다. 그들을 보려고 달려 나온 사람들은 바삐 뒤로 물러나 그들에게 길을 내어주었다. 그들에게 말을 걸지도 않았다.

키노와 후아나는 존재하지 않는 곳을 걷듯이 거리를 걸었다. 그들의 눈은 오른쪽도 왼쪽도 위도 아래도 보지 않고, 똑바로 앞만 보았다. 다리는 잘 만든 나무 인형처럼 조금 삐걱거리며 움직였다. 그들은 공포의 검은 기둥을 몰고 오고 있었다. 돌과 회벽으로 지어진 도시를 그들이 걸어갈 때, 중개인들은 창살이 있는 창문에서 그들을 내다보고 하인들은 가느다란 줄무늬처럼 틈이 나 있는 대문에 눈을 대고 엄마들은 가장 어린 자식의 얼굴을 치맛자락 속에 감췄다. 키노와 후아나는 돌과 회벽으로 지어진 도시를 나란히 성큼성큼 걸어서 움집촌으로 내려갔다. 이웃들이 뒤로 물러나 길을 내주었다. 후안 토마스가 손을 들어 인사하려다가 인사말을 건네지 못하고 손을 들어 올린 채로 잠시 머뭇거렸다.

키노의 귓가에 울리는 가족의 노래가 울음소리처럼 맹렬했다. 그는 그런 것에 영향을 받지 않는 무서운 존재가 되었으므로, 그 노래는 전투의 함성이었다. 두 사람은 원래 자기 집이 있었지만 지금은 불에 탄 공터가 되어버린 곳을 터벅터벅 지나면서 눈길도 주지 않았다. 그들은 바닷가에 늘어선 잡목들을 통과해 바다를 향해 다가갔다. 키노의 부서진 카누 쪽은 거들떠보지도 않았다.

물가에 다다르자 그들은 걸음을 멈추고 멀리 바다를 바라보았다. 그러다 키노가 라이플을 내려놓고, 옷 속을 뒤져 커다란 진주를 꺼냈다. 손바닥에 놓인 그것의 표면을 들여다보니, 여기저기 상처가 난 듯한 회색이었다. 거기서 사악한 얼굴들이 그의 눈을 마주 보았다. 타오르는 불길의 빛이 보였다. 샘 안에 떨어진 남자의 겁에 질린 눈동자도 보였다. 정수리가 총에 맞아 사라진 채로 작은 동굴 안에 쓰러져 있는 코요티토가 보였다. 진주는 추악했다. 악성 혹처럼 회색이었다. 일그러지고 광적인 진주의 음악이 키노에게 들려왔다. 손을 살짝 떨면서 키노는 후아나를 향해 천천히 고개를 돌리고 그녀에게 진주를 내밀었다. 후아나는 죽은 아이를 여전히 어깨에 멘 채 그의 옆에 서 있었다. 그녀는 그의 손바닥에 놓인 진주를 잠시 보다가 키노의 눈을 바라보며 조용히 말했다.

"아니, 당신이 해."

키노는 팔을 뒤로 뻗었다가 있는 힘껏 진주를 앞으로 던졌다. 키노와 후아나는 진주가 석양빛을 받아 깜박깜박 반짝이며 멀어지는 것을 지켜보았다. 멀리서 작게 물이 튀었다. 두 사람은 나란히 서서 그 자리를 한참 동안 바라보았다.

진주는 아름다운 초록색 물속으로 들어가 바닥을 향해 떨어졌다. 해초 가지들이 진주를 향해 흔들흔들 손짓했다. 진주 표면의 빛은 아름다운 초록색이었다. 진주는 양치류와 비슷한 식물들 사이 모래 바닥에 내려앉았다. 저 위의 수면은 초록색 거울 같았다. 진주는 바다 밑바닥에 그렇게 떨어졌다. 게 한 마리가 바삐 기어가는 바람에 모래 구름이 작게 일었다가 가라앉았을 때, 진주는 보이지 않았다.

진주의 음악은 물살을 따라가며 속삭임이 되었다가 사라졌다.

작품 해설

존 스타인벡은 1930년대 경제공황 시기의 노동자의 삶을 사실적으로 그린 사실주의 작가로 널리 알려져 있다. 그는 1902년 미국 캘리포니아의 농촌 지역에서 태어나 노동자의 삶을 직접 체험하며 성장했다. 1920년 스탠퍼드대학교 영문학과에 입학했으며, 이 시기에 그는 목장, 목화밭, 도로공사장 등에서 일하면서 민중의 어려운 삶과 노동 현장의 고달픔을 깊이 이해하게 된다. 대학을 중퇴한 후, 그는 〈뉴욕 타임스〉의 기자로 일하면서 문명(文名)을 쌓기 시작한다. 그의 대표작인 《생쥐와 인간》(1937),《분노의 포도》(1939),《에덴의 동쪽》(1952) 등에서 그는 노동자들의 삶에 대한 깊은 통찰, 부패한 권력에 대한 날카로운 비판, 그리고 인간의 의지에 대한 연민과 찬사를 표명했다. 이러한 공로로 존 스타인벡은 퓰리처상(1940)과 노벨상(1962)을 수상하게 된다.

《진주》는 존 스타인벡이 쓴 매우 짧은 소설로, 사실주의 작가로서의 스타인벡이 아닌 그의 또 다른 면모를 드러내는 작품이다. 이 소설은 멕시코 원주민의 민속 이야기를 소재로 하며, 1947년 미국의 영화 제작사이자 배급사인 RKO 픽처스에서 만든 동명의 영화와 동시에 출간되었다. 이 작품은 이미지에 대한 영화적 묘사, 인간과 자연이 뒤섞이는 리듬, 그리고 드라마틱하면서도 간결한 구성으로 독특한 매력을 지닌다.

줄거리를 간단히 소개하자면, 아내 후아나와 어린 아들 코요티토를 둔 젊은 가장 키노가 거대한 진주를 발견한 후, 전갈에 물린 아들의 치료와 가족의 안녕을 위해서 진주를 팔려 하지만, 탐욕에 사로잡힌 장사꾼들이 헐값으로 진주를 사려고 하며, 진주를 강탈하려는 이들과의 갈등이 이어진다. 이는 결국 부부간의 갈등으로 비화되고, 키노는 추적자들을 죽이게 되지만 아들은 총에 맞아 죽고, 결국 키노는 진주를 바다에 던져버린다.

사실 이러한 이야기의 구성은 독자에게 익숙하게 느껴질 수 있는데,《진주》가 표면적으로는 도덕적 우화의 형식을 취하고 있기 때문이다. 진주가 의미하는 물질의 풍요가 어떻게 사람들의 탐욕을 자극하는지, 선한 의지를 지닌 인간이 탐욕의 세계에서 얼마나 무기력해질 수 있는지, 그리고 화려한 물질의 유혹이 얼마나 적나라하게 인간관계의 약점을 드러나게 하는지와 같은 일련의 도덕적 주제들은 우리에게 낯설지 않다. 따라서 우리는 스타인벡이 소설의 서두에서 언급한 대로, 이 소설을 '흑과 백이 뚜렷한 우화'로 읽을 수 있을 것이다. 크게 보아 이 소설은 인간 욕망의 무상함이라는 주제가 단순하면서도 무해한 자연에서의 삶과 탐욕적이면서 구원 없는 세속에서의 삶이라는 이분법적 구도 안에서 펼쳐진다고 할 수 있다.

그러나 이 소설의 가장 큰 매력은 진주를 바다에 던져버리는 키노의 결정이 뒤늦게 이루어진다는 점에 있다. 그가 진주를 지키기 위해서 의도치 않게 모든 이를 의심하게 되는 변화가 묘사되며, 결국 아내와의 관계조차 폭력적으로 변하게 되는 미묘한 과정이 섬세하게 그려진다. 여기서 탐욕에 사로잡힌 사회가 그의 집을 불태우고 그의 아이마저 죽게 한 이후에 비로소 그의 결정이 이루어진다는 데 주목해야 한다. 독자들은 자연의 리듬을 체화하고 자연의 노래를 즐겼던 키노가 진주를 획득한 이후 어떻게 변화하는지를 안타까운 시선으로 지켜보게 된다. 키노가 어떻게 자연과 화합하는 세계에서 멀어지고, 끊임없는 의심과 점증하는 폭력으로 가득 찬 세계로 진입하는지, 이 과정에서 선과 악의 이미지, 조화로운 자연과 공포로 가득 찬 자연, 친밀하고 안전한 관계와 위협과 폭력의 관계를 구분 짓는 경계가 어떻게 미묘하게 변화하는지를 탐구하다 보면 무척 흥미로운 독서가 될 것이다.

《진주》는 단순한 구성을 가지고 있지만, 궁극적으로 이 소설의 백미는 바로 그 단순한 구성의 핵심에 놓여 있는 강렬한 상징과 알레고리에 있다. 문학적 기법으로서 상징은 구체적인 형상이 추상적인 의미와 가치를 나타내는 것을 의미한다. 즉, 상징은 복잡하고 다층적이면서도 미묘한 '어떤 것'을 소설적으로 구현하는 것이다. 《진주》에서 가장 상징적인 형상은 두말할 나위 없이 진주다. 그러나 이 진주가 의미하는 바는 독자마다 다르게 해석될 수밖에 없다. 어떤 독자에게는 인간 내면 깊숙한 곳에 자리한 허영과 탐욕을, 또 다른 이에게는 진실을 가리는 눈부신 유혹일 수 있다. 진주는 물질주의로 점철된 현대 사회의 잔혹한 민낯일 수도 있으며, 우리에게 무엇이 정말 중요한 것인가를 묻는 시험으로서의 삶의 과정일 수도 있다. 《진주》를 읽으면서 과연 자신에게 진주는 무엇을 상징하는지를 자문하는 것은 이 책을 읽는 좋은 방법일 것이다.

《진주》의 강렬한 상징성은 이 작품을 알레고리적으로 읽게 만드는 기회를 제공하기도 한다. 알레고리는 작품 전체에 걸쳐서 다양한 의미의 연쇄로 이루어져서 나타나는 일종의 가치 체계를 기준으로 다른 사건, 경험 그리고 세계를 해석하는 문학적 행위를 의미한다. 우리는《진주》에서 그려진 경험이 현실 세계와 다름을 알지만, 그럼에도《진주》에서 그려진 사랑, 변화, 탐욕, 관계 등을 거울삼아 우리의 삶을 비추어볼 수 있다. 물론 이런 알레고리적 독서는 《진주》에만 국한되지 않으며, 모든 문학 작품을 읽을 때 적용할 수 있는 일반적인 문학 읽기 방식이라고 할 수 있다. 예를 들어, 사랑을 진지하게 다룬 작품을 읽고 그 소설 속 사랑과 관계로 이루어진 가치 체계를 기준으로 우리가 현실 속에서 만들어가는 관계의 의미를 성찰해본 경험은 누구에게나 있을 것이다.

다만《진주》에 등장하는 우화적인 구성, 그리고 이 구성을 이루는 전형적인 등장인물과 사건들은 이 작품의 알레고리적 읽기를 더욱 용이하게 만든다. 담합한 진주 상인들이 키노에게 진주의 가치를 헐값으로 후려치고, 독전갈에 물린 키노의 아들을 방치하던 의사가 갑자기 치료를 제안하며, 주변 사람들이 도둑으로 변하여 진주를 훔치려 하고, 공포로 인해 증폭된 키노의 자기방어가 살인으로 이어지는 상황은 이 작품의 의미망을 뚜렷하게 드러낸다. 이런 인물과 사건이 만들어내는 의미를 우리의 삶과 사회를 해석하는 거울로 사용하는 것이 바로 알레고리이며,《진주》는 짧은 소설이지만 풍요로운 해석을 가능하게 하는 요소를 두루 갖추고 있다.

《진주》의 진주는 부정적인 의미를 내포한다. 독자마다 진주에 대한 해석이 다를 수 있지만, 진주는 화려함으로 우리의 눈을 멀게 하면서도 그 안에 전갈처럼 독을 품고 있는 어떤 것을 상징할 수도 있다. 그런데 《진주》가 던지는 가장 큰 질문은 우리 각자가 진주에 대해서 어떻게 생각하며, 어떻게 이를 버릴 수 있는가가 아니다. 이 작품의 가장 본질적인 알레고리적 질문은, 이미 우리는 하나의 진주를 가지고 있으며, 그 진주가 나와 나를 둘러싼 관계를 어떻게 변화시키고 있는가 하는 것이다. 그 점을 인정하든 인정하고 싶지 않든, 우리 모두는 이미 진주를 발견한 키노인 셈이다. 그리고 비록 외면하려 해도, 그 진주는 여전히 우리의 존재를 잠식하고 있다.

강의혁(전남대학교 영어영문학과 교수)

존 스타인벡 연보

1902년   2월 27일, 미국 캘리포니아주 몬터레이 지방의 살리나스
에서 회계 공무원인 아버지와 교사 출신인 어머니 사이에
태어났다.

1920년   스탠퍼드대학교 영문학과에 입학했으나 대학 재학 중 생
활고로 갖가지 아르바이트를 하며 지냈다.

1925년   생계 때문에 대학교를 중퇴하고 뉴욕으로 건너가 기자로
일했다.

1929년   해적 이야기를 다룬 첫 장편소설 《황금배(*Cup of Gold*)》를
발표했다.

1930년   훗날 《코르테스해(*The Sea of Cortez*)》(1941)를 공동 집필한

해양생물학자 에드 리케츠를 만났다. 캐럴 헤닝과 결혼해 캘리포니아 퍼시픽 그로브에 정착했다.

1932년   캘리포니아 농촌의 삶을 생생히 묘사한 소설《하늘의 목장 (*The Pastures of Heaven*)》을 출간했다.

1933년   장편소설《미지의 신 앞에(*To a God Unknown*)》를 출간하고《노스아메리칸 리뷰(*North American Review*)》에 단편소설 〈붉은 망아지(The Red Pony)〉를 발표했다.

1935년   캘리포니아 몬터레이를 배경으로 한 소설《토르티야 마을 (*Tortilla Flat*)》을 발표했다. 이 작품으로 캘리포니아 지방문학상을 수상했으며 처음으로 상업적인 성공을 거뒀다.

1936년   지역 포도 농장 노동자들의 동맹 파업을 다룬 소설《의심스러운 싸움(*In Dubious Battle*)》을 출간했다.

1937년   두 명의 떠돌이 농장 노동자의 우정을 그린 소설《생쥐와 인간(*Of Mice and Men*)》을 발표하고, 연극으로도 상연되어 큰 성공을 거두었으며 미국 희곡비평가상을 받았다. 유럽 여행을 떠났다. 이듬해 단편집《기다란 계곡(*The Long Valley*)》(1938)을 출간했다.

1939년   대공황 시기 가난한 소작인 가족의 이야기를 그린 소설 《분노의 포도(*The Grapes of Wrath*)》를 발표했다. 이듬해 퓰리처상을 수상하고 미국예술문학회 회원으로 선출되었다. 《분노의 포도》와《생쥐와 인간》이 영화로 제작 및 상영되 었다.

1941년 캘리포니아 몬터레이에서 출발해 멕시코 서해안의 캘리포 니아만까지 이르는 해양을 탐사하면서 탐사대원들과 겪은 일화를 에드 리케츠와 공동 집필한《코르테스해》를 출간 했다.

1942년 캐럴 헤닝과 이혼했다. 나치에 저항하는 레지스탕스의 이 야기를 다룬 2막짜리 희곡《달은 지다(*The Moon Is Down*)》 를 발표했다.

1943년 귄돌런 콩거와 재혼했다. 일간지 〈뉴욕 헤럴드 트리뷴(New York Herald Tribune)〉의 종군 기자로 유럽 전선에 특파되 었다.

1945년 대공황 시기 캘리포니아의 통조림공장을 배경으로 한 소 설《통조림공장 가(*Cannery Row*)》를 출간했다.

1947년 멕시코 민담을 소재로 한 소설《진주(*The Pearl*)》를 출간했 다. 러시아를 여행했다.

1948년 러시아 기행문《러시아 기행(*A Russian Journal*)》을 출간했 다. 미국예술원 회원으로 선출되었다. 귄돌런과 이혼했다.

1950년   중편 극소설 〈밝게 빛나다(*Burning Bright*)〉를 발표했다. 일
레인 스콧과 세 번째로 결혼했다.

1952년   몇 세대에 걸친 두 가문의 갈등을 다룬 소설《에덴의 동쪽
(*East of Eden*)》을 출간했다.

1955년   훗날 뮤지컬 〈피리의 꿈(Pipe Dream)〉의 기반이 되는 원작
소설《즐거운 목요일(*Sweet Thursday*)》을 출간했다.《에덴의
동쪽》이 제임스 딘 주연의 영화로 제작되어 전 세계적으로
큰 사랑을 받았다.

1961년   높은 이상을 지닌 사람이 도덕적으로 와해되는 과정을 그
린 야심작《불만의 겨울(*The Winter of Our Discontent*)》을 출
간했다. 이듬해인 1962년 노벨문학상을 수상했다.

1964년   린든 B. 존슨 대통령이 수여한 미국 자유훈장을 받았다.

1966년   에세이와 기사를 모아 단행본《미국과 미국인(*America and
Americans*)》으로 출간했다. 미국 존 스타인벡 학회가 결성되
었다.

1968년   12월 20일 뉴욕에서 심장병으로 세상을 떠났다.

옮긴이 **김승욱**

성균관대학교 영문학과를 졸업하고 뉴욕시립대학교에서 여성학을 공부했다. 〈동아일보〉 문화부 기자로 근무했으며, 현재 전문 번역가로 활동하고 있다. 옮긴 책으로는 조지 오웰의 《1984》《동물농장》《카탈로니아 찬가》, 존 스타인벡의 《분노의 포도》, 도리스 레싱의 《19호실로 가다》《사랑하는 습관》《고양이에 대하여》, 루크 라인하트의 《침략자들》, 존 윌리엄스의 《스토너》, 프랭크 허버트의 《듄》(시리즈), 콜슨 화이트헤드의 《니클의 소년들》, 존 르 카레의 《완벽한 스파이》, 에이모 토울스의 《우아한 연인》, 리처드 플래너건의 《먼 북으로 가는 좁은 길》, 올리퍼 푀치의 《사형집행인의 딸》(시리즈), 데니스 루헤인의 《살인자들의 섬》, 주제 사라마구의 《히카르두 헤이스가 죽은 해》,《도플갱어》, 패트릭 매케이브의 《푸줏간 소년》, 에단 호크의 《완전한 구원》 등 다수의 문학 작품이 있다. 이외에도 《관계우선의 법칙》,《유발 하라리의 르네상스 전쟁 회고록》,《나보코프 문학 강의》,《신 없는 사회》,《습지에서 지구의 안부를 묻다》,《무의식은 어떻게 나를 설계하는가》 등 다양한 분야의 책을 옮겨 국내에 소개했다.

진주

1판 1쇄 발행 2025년 1월 15일

지은이 존 스타인벡 | 그린이 호세 오로스코 | 옮긴이 김승욱
펴낸곳 (주)문예출판사 | 펴낸이 전준배
출판등록 2004. 02. 11. 제 2013-000357호 (1966. 12. 2. 제 1-134호)
주 소 04001 서울특별시 마포구 월드컵북로 21
전 화 02-393-5681 | 팩스 02-393-5685
홈페이지 www.moonye.com | 블로그 blog.naver.com/imoonye
페이스북 www.facebook.com/moonyepublishing | 이메일 info@moonye.com

ISBN 978-89-310-2415-9 04800
ISBN 978-89-310-2365-7 (세트)

• 잘못 만든 책은 구입하신 서점에서 바꿔드립니다.

♣문예출판사® 상표등록 제 40-0833187호, 제 41-0200044호

■ 문예세계문학선

★ 서울대, 연세대, 고려대 필독 권장 도서　　▲ 미국대학위원회 추천 도서
● 《타임》 선정 현대 100대 영문 소설　　▽ 《뉴스위크》 선정 세계 100대 명저

1 젊은 베르테르의 슬픔 괴테 / 송영택 옮김

▲▽ 2 멋진 신세계 올더스 헉슬리 / 이덕형 옮김

▲●▽ 3 호밀밭의 파수꾼 J. D. 샐린저 / 이덕형 옮김

4 데미안 헤르만 헤세 / 구기성 옮김

5 생의 한가운데 루이제 린저 / 전혜린 옮김

6 대지 펄 S. 벅 / 안정효 옮김

●▽ 7 1984 조지 오웰 / 김승욱 옮김

▲●▽ 8 위대한 개츠비 F. 스콧 피츠제럴드 / 송무 옮김

▲●▽ 9 파리대왕 윌리엄 골딩 / 이덕형 옮김

10 삼십세 잉게보르크 바흐만 / 차경아 옮김

★▲ 11 오이디푸스왕 · 안티고네
소포클레스 · 아이스킬로스 / 천병희 옮김

★▲ 12 주홍글씨 너새니얼 호손 / 조승국 옮김

▲●▽ 13 동물농장 조지 오웰 / 김승욱 옮김

★ 14 마음 나쓰메 소세키 / 오유리 옮김

★ 15 아Q정전 · 광인일기 루쉰 / 정석원 옮김

16 개선문 레마르크 / 송영택 옮김

★ 17 구토 장 폴 사르트르 / 방곤 옮김

18 노인과 바다 어니스트 헤밍웨이 / 이경식 옮김

19 좁은 문 앙드레 지드 / 오현우 옮김

★▲ 20 변신 · 시골 의사 프란츠 카프카 / 이덕형 옮김

★▲ 21 이방인 알베르 카뮈 / 이휘영 옮김

22 지하생활자의 수기 도스토옙스키 / 이동현 옮김

★ 23 설국 가와바타 야스나리 / 장경룡 옮김

★▲ 24 이반 데니소비치의 하루
A. 솔제니친 / 이동현 옮김

25 더블린 사람들 제임스 조이스 / 김병철 옮김

★ 26 여자의 일생 기 드 모파상 / 신인영 옮김

27 달과 6펜스 서머싯 몸 / 안흥규 옮김

28 지옥 앙리 바르뷔스 / 오현우 옮김

★▲ 29 젊은 예술가의 초상 제임스 조이스 / 여석기 옮김

▲ 30 검은 고양이 애드거 앨런 포 / 김기철 옮김

★ 31 도련님 나쓰메 소세키 / 오유리 옮김

32 우리 시대의 아이 외된 폰 호르바트 / 조경수 옮김

33 잃어버린 지평선 제임스 힐턴 / 이경식 옮김

34 지상의 양식 앙드레 지드 / 김붕구 옮김

35 체호프 단편선 안톤 체호프 / 김학수 옮김

36 인간 실격 다자이 오사무 / 오유리 옮김

37 위기의 여자 시몬 드 보부아르 / 손장순 옮김

●▽ 38 댈러웨이 부인 버지니아 울프 / 나영균 옮김

39 인간희극 윌리엄 사로얀 / 안정효 옮김

40 오 헨리 단편선 O. 헨리 / 이성호 옮김

★ 41 말테의 수기 R. M. 릴케 / 박환덕 옮김

42 파비안 에리히 케스트너 / 전혜린 옮김

★▲▽ 43 햄릿 윌리엄 셰익스피어 / 여석기 옮김

44 바라바 페르 라게르크비스트 / 한영환 옮김

45 토니오 크뢰거 토마스 만 / 강두식 옮김

46 첫사랑 이반 투르게네프 / 김학수 옮김

47 제3의 사나이 그레이엄 그린 / 안흥규 옮김

★▲▽ 48 어둠의 속 조셉 콘래드 / 이덕형 옮김

49 싯다르타 헤르만 헤세 / 차경아 옮김

50 모파상 단편선 기 드 모파상 / 김동현 · 김사행 옮김

51 찰스 램 수필선 찰스 램 / 김기철 옮김

★▲▽ 52 보바리 부인 귀스타브 플로베르 / 민희식 옮김

53 페터 카멘친트 헤르만 헤세 / 박흥서 옮김

★ 54 몽테뉴 수상록 몽테뉴 / 손우성 옮김

55 알퐁스 도데 단편선 알퐁스 도데 / 김사행 옮김

56 베이컨 수필집 프랜시스 베이컨 / 김길중 옮김

★▲ 57 인형의 집 헨리크 입센 / 안동민 옮김

★ 58 소송 프란츠 카프카 / 김현성 옮김

★▲ 59 테스 토마스 하디 / 이종구 옮김

★▲ 60 리어왕 윌리엄 셰익스피어 / 이종구 옮김

61 라쇼몽 아쿠타가와 류노스케 / 김영식 옮김

▲▽ 62 프랑켄슈타인 메리 셸리 / 임종기 옮김

▲●▽ 63 등대로 버지니아 울프 / 이숙자 옮김

64 명상록 마르쿠스 아우렐리우스 / 이덕형 옮김

65 가든 파티 캐서린 맨스필드 / 이덕형 옮김

66 투명인간 H. G. 웰스 / 임종기 옮김

67 게르트루트 헤르만 헤세 / 송영택 옮김

68 피가로의 결혼 보마르셰 / 민희식 옮김

(뒷면 계속)

★ 69 팡세 블레즈 파스칼 / 하동훈 옮김

70 한국 단편 소설선 김동인 외

71 지킬 박사와 하이드 로버트 L. 스티븐슨 / 김세미 옮김

▲ 72 밤으로의 긴 여로 유진 오닐 / 박윤정 옮김

★▲▽ 73 허클베리 핀의 모험 마크 트웨인 / 이덕형 옮김

74 이선 프롬 이디스 워튼 / 손영미 옮김

75 크리스마스 캐럴 찰스 디킨스 / 김세미 옮김

★▲ 76 파우스트 요한 볼프강 폰 괴테 / 정경석 옮김

▲ 77 야성의 부름 잭 런던 / 임종기 옮김

★▲ 78 고도를 기다리며 사뮈엘 베케트 / 홍복유 옮김

★▲▽ 79 걸리버 여행기 조너선 스위프트 / 박용수 옮김

80 톰 소여의 모험 마크 트웨인 / 이덕형 옮김

★▲▽ 81 오만과 편견 제인 오스틴 / 박용수 옮김

★▽ 82 오셀로·템페스트 윌리엄 셰익스피어 / 오화섭 옮김

★ 83 맥베스 윌리엄 셰익스피어 / 이종구 옮김

▽ 84 순수의 시대 이디스 워튼 / 이미선 옮김

★ 85 차라투스트라는 이렇게 말했다 니체 / 황문수 옮김

★ 86 그리스 로마 신화 에디스 해밀턴 / 장왕록 옮김

87 모로 박사의 섬 H. G. 웰스 / 한동훈 옮김

88 유토피아 토머스 모어 / 김남우 옮김

★▲ 89 로빈슨 크루소 대니얼 디포 / 이덕형 옮김

90 자기만의 방 버지니아 울프 / 정윤조 옮김

▲ 91 월든 헨리 D. 소로 / 이덕형 옮김

92 나는 고양이로소이다 나쓰메 소세키 / 김영식 옮김

★ 93 폭풍의 언덕 에밀리 브론테 / 이덕형 옮김

★▲ 94 스완네 쪽으로 마르셀 프루스트 / 김인환 옮김

★ 95 이솝 우화 이솝 / 이덕형 옮김

★ 96 페스트 알베르 카뮈 / 이휘영 옮김

▲ 97 도리언 그레이의 초상 오스카 와일드 / 임종기 옮김

98 기러기 모리 오가이 / 김영식 옮김

★▲ 99 제인 에어 1 샬럿 브론테 / 이덕형 옮김

★▲ 100 제인 에어 2 샬럿 브론테 / 이덕형 옮김

101 방황 루쉰 / 정석원 옮김

102 타임머신 H. G. 웰스 / 임종기 옮김

● 103 보이지 않는 인간 1 랠프 엘리슨 / 송무 옮김

● 104 보이지 않는 인간 2 랠프 엘리슨 / 송무 옮김

▲ 105 훌륭한 군인 포드 매덕스 포드 / 손영미 옮김

106 수레바퀴 아래서 헤르만 헤세 / 송영택 옮김

▲ 107 죄와 벌 1 표도르 도스토옙스키 / 김학수 옮김

▲ 108 죄와 벌 2 표도르 도스토옙스키 / 김학수 옮김

109 밤의 노예 미셸 오스트 / 이재형 옮김

110 바다여 바다여 1 아이리스 머독 / 안정효 옮김

111 바다여 바다여 2 아이리스 머독 / 안정효 옮김

112 부활 1 레프 톨스토이 / 김학수 옮김

113 부활 2 레프 톨스토이 / 김학수 옮김

▲● 114 그들의 눈은 신을 보고 있었다
조라 닐 허스턴 / 이미선 옮김

115 약속 프리드리히 뒤렌마트 / 차경아 옮김

116 제니의 초상 로버트 네이선 / 이덕희 옮김

117 트로일러스와 크리세이드
제프리 초서 / 김영남 옮김

118 사람은 무엇으로 사는가
레프 톨스토이 / 이순영 옮김

119 전락 알베르 카뮈 / 이휘영 옮김

120 독일인의 사랑 막스 뮐러 / 차경아 옮김

121 릴케 단편선 R. M. 릴케 / 송영택 옮김

122 이반 일리치의 죽음 레프 톨스토이 / 이순영 옮김

123 판사와 형리 F. 뒤렌마트 / 차경아 옮김

124 보트 위의 세 남자 제롬 K. 제롬 / 김이선 옮김

125 자전거를 탄 세 남자 제롬 K. 제롬 / 김이선 옮김

126 사랑하는 하느님 이야기 R. M. 릴케 / 송영택 옮김

127 그리스인 조르바 니코스 카잔차키스 / 이재형 옮김

128 여자 없는 남자들 어니스트 헤밍웨이 / 이종인 옮김

129 사양 다자이 오사무 / 오유리 옮김

130 슌킨 이야기 다니자키 준이치로 / 김영식 옮김

131 실종자 프란츠 카프카 / 송경은 옮김

132 시지프 신화 알베르 카뮈 / 이가림 옮김

133 장미의 기적 장 주네 / 박형섭 옮김

134 진주 존 스타인벡 / 김승욱 옮김

135 황야의 이리 헤르만 헤세 / 장혜경 옮김